Todo pueblo es cicatriz

HIRAM RUVALCABA

Todo pueblo es cicatriz

RANDOM HOUSE

El papel utilizado para la impresión de este libro ha sido fabricado a partir de madera procedente de bosques y plantaciones gestionadas con los más altos estándares ambientales, garantizando una explotación de los recursos sostenible con el medio ambiente y beneficiosa para las personas.

Todo pueblo es cicatriz

Primera edición: septiembre, 2023

D. R. © 2022, Hiram Ruvalcaba
Publicado mediante acuerdo con VicLit Agencia Literaria

Este libro se escribió con el apoyo de la beca Jóvenes Creadores, del Fondo Nacional para la Cultura y las Artes.

D. R. © 2023, derechos de edición mundiales en lengua castellana:
Penguin Random House Grupo Editorial, S. A. de C. V.
Blvd. Miguel de Cervantes Saavedra núm. 301, 1er piso,
colonia Granada, alcaldía Miguel Hidalgo, C. P. 11520,
Ciudad de México

penguinlibros.com

ISBN: 978-607-383-537-4

Impreso en México – *Printed in Mexico*

A Naím
A Claudia

Todo

Las cifras remiten sólo a la infinitud del horror:
lo personal esclarece.

SERGIO GONZÁLEZ RODRÍGUEZ

Todo lo que se lea a continuación deberá considerarse invento de la imaginación. Una mentira.

Excepto lo que es verdad.

Índice

Este, 1996

La última vez que dormí tranquilo tenía ocho años. Era diciembre, la oscuridad se implantó como una herida hasta el último rincón de nuestra casa y ahí, en el sitio donde dormíamos Julio —mi hermano menor— y yo, se condensó en un silencio lleno de expectación. La cercanía del bosque apilaba las sensaciones, los aromas y los sueños de todos los habitantes de Tlayolan. El barrio yacía en una quietud inusual, apenas alterada por el canto de los grillos, el rugido de los coches a lo lejos y el ladrido convulso de los perros, súbitamente interrumpido por seis detonaciones.

Al principio pensé que eran cohetes. Recuerdo que abrí los ojos como un recién nacido, integrado a la negrura que hacía de mi cuarto un lugar desconocido. El frío lamía mis brazos y mi espalda descubierta y me hizo temblar. El último estallido se quedó un momento deambulando; dudé si estaba soñando. Mis dedos tantearon la pared en busca del interruptor de la luz pero, antes de encontrarlo, escuché la voz de mi hermano que me llamaba desde la otra cama.

—¿Qué fue eso?

Tlayolan es un pueblo que celebra la adoración de santos patronos, por eso las detonaciones de cohetes eran práctica común —lo sigue siendo—, incluso en la madrugada. No obstante, había en aquellos ruidos una virulencia inexplicable, pero definitiva y hasta entonces inédita para mí. Como si hubieran rasgado la noche en dos mitades.

—¡Están muy cerca! —gritó mi hermano, mientras nos sacudían otras dos explosiones, seguidas por el aullido de unas llantas alejándose.

Me levanté de la cama de un salto y caminé hasta la ventana que daba a la calle. El paisaje se mantenía en una normalidad obscena e imperturbable. Mi hermano volvió a llamar. Chasqueé la lengua y volteé en su dirección, tallándome los ojos.

—Ha de ser el diablo, que ya vino por ti… —dije con toda la severidad que pude y miré cómo se cubría con la cobija y se volteaba de cara a la pared.

La serenidad de la calle me sobresaltó. Las luces amarillentas de los faroles dejaban ver, apenas, la madrugada de una colonia cualquiera de Infonavit. Los autos estacionados —entonces eran pocos— extendían su rigidez a lo largo de la cuadra. Los árboles de la calle proyectaban la misma sombra de siempre, alargada y zigzagueante sobre el adoquín, y si acaso había signos de anormalidad, eran los ladridos de los perros, que se alzaban aquí y allá en pandemónium. En algunas casas se encendieron las luces y pude observar a un par de vecinos que se asomaron a la noche tratando de responder una pregunta que aún nadie podía formular.

Papá abrió la puerta de nuestro cuarto y encendió la luz. Su rostro pálido no pudo ocultar su alivio por vernos bien. A salvo. Mi hermano se mantuvo inmóvil, de cara a la pared, y no se volteó para ver a mi padre. Yo me paré a un costado de la cama, pero no supe qué más hacer.

—¿No les pasó nada? —caminó hacia mí y comenzó a revisarme. Luego retiró las cobijas del cuerpo de mi hermano y repitió su búsqueda. Noté que mamá atravesaba también el umbral de la puerta, con cierto gesto de mortificación que ya no podría dejar atrás.

—Marcos, ¿están tirando balazos para acá? —su voz temblaba. Se acercó hasta mi hermano y lo abrazó, llevándose su cuerpo menudo hasta su pecho. También me llamó a mí para que me acercara.

Aquella palabra trazó llagas en mi conciencia. Sentí que mi cuerpo se calentaba y algo parecido a una sonrisa se dibujó poco a poco en mi rostro. Balazos. A mis ocho años sabía lo que significaba, pero en ese punto formaba parte de un imaginario conformado por las películas policiacas y del Viejo Oeste que papá rentaba en el videocentro de la ciudad. Inevitablemente, la escena inicial se disipó mientras las siluetas de John Wayne, Clint Eastwood y Fievel Ratonovich se dibujaban en mi calle, nutriendo la ilusión de que por primera vez algo fuera de lo común estaba ocurriendo ahí, al alcance de mi vida.

Mi padre fue a la ventana y se sumergió en el trasnoche. Nos quedamos inmóviles, como un corazón que se detiene de súbito. Sentí las manos de mi madre moviéndose lentamente por mi espalda, escuché mis latidos y mi propia respiración que se agitaba. Mi padre carraspeó. Las luces de los vecinos se encendían espasmódicas aquí y allá y, eventualmente, el sonido de un cancel vecino se abrió a la oscuridad del mundo. Mi padre se acercó.

—Quédate con los niños, Mili. Voy a ver qué chingados pasó —y caminó con paso inseguro hacia la calle. Por alguna razón, y a pesar de que en aquel entonces su corpulencia era aún mayor que en la actualidad, me pareció que se veía muy pequeño. Y también (esta impresión duró apenas un instante) demasiado joven.

—¡Marcos! —chilló mamá, en voz baja todavía, tratando de mantener su compostura para no asustarnos.

Me quedé viendo la espalda de mi padre mientras desaparecía por la puerta y sentí una punzada, un impulso por seguirlo que se apoderó de mí. Como si adivinara mis intenciones, volteó a verme.

—Quédate con tu madre. No la dejes sola, cabrón —y salió a la calle.

Mientras escuchaba el sonido de la puerta que se abría y se cerraba, pensé que había cierta valentía en aquella marcha y admiré a mi padre por enfrentarse a lo desconocido. En el fondo creo que ya estaba ahí el miedo, la idea de que, por salir de casa, a esa hora y en aquella noche sin estrellas, habría una posibilidad de que no volveríamos a vernos.

Mamá nos tomó de la mano y nos condujo a su cuarto, que estaba al fondo de la casa, a pesar de mis reclamos porque en aquel momento no había una cosa que deseara más que descubrir qué había ocurrido en mi barrio.

—Hay cosas de las que es mejor no enterarse, mijo.

Para intentar calmarnos, encendió el televisor y el viejo VHS, y puso una película infantil. Ahora no puedo recordar cuál, aunque por mis gustos en esa época puedo suponer que fue aquella que sucede en la ficticia Agrabah. Nos acurrucamos junto al cuerpo menudo de mi madre. Trato de recordarla como era entonces, antes de los desencantos de la mediana edad, del cáncer y de la muerte de mi abuelo. Su cabello corto recogido con una liga que dejaba ver con claridad su rostro. Sus ojos cafés, pequeños como los míos, protegidos por unos lentes de armazón gruesa y con un aumento que un oftalmólogo habría admirado. Sus manos pequeñas, llenas de mortificación, y su voz que temblaba como una vela abandonada al frío.

Los minutos se arrastraron mientras esperábamos el regreso de papá. Bostecé. Trataba de estar atento a la pantalla de nuestro viejo televisor, pero no podía dejar de pensar en aquellas balas de verdad disparadas por un arma de verdad y que se habían depositado en un cuerpo de verdad. Y no hay nada más real que un cuerpo a las tres de la mañana en una noche de diciembre. Nada, me repetí, mientras el pasillo oscuro que conducía hacia la calle parecía llamarme con una avidez turbulenta.

Mi hermano de alguna forma logró dormir, protegido todavía por la inocencia de sus cinco años. Yo, por mi parte, sentía envidia de mi padre: él formaría parte de aquel evento histórico en nuestra colonia. Me sentía aprisionado por mi edad, urgido por el misterio que se manifestaba como la promesa de ver un crimen de cerca, o por lo menos a la policía en acción, pues hasta entonces sólo había visto pasar las patrullas, que eran una especie de monstruo mitológico con las luces azules encendidas o con la sirena que lanzaba en todas direcciones sus gritos de acribillado.

Miré a mi alrededor y, de alguna manera, el hogar que había habitado hasta entonces parecía trastocado. Le dije a mamá que quería ir al baño y me levanté con temeridad, dispuesto a salir corriendo de ser necesario. Mamá no supo leer mis intenciones.

—Hiram, anda con cuidado —dijo, segura de que algo podía pasarme aun dentro de nuestra casa, consciente de que la seguridad del hogar era tan frágil.

Sin responder nada caminé sigilosamente hacia la puerta de la calle. ¿Habría sido algún ladrón que abatió la policía? ¿Un asesinato a sangre fría como los que resolvía Dick Tracy? Un *asesinato*. Mis manos y mis piernas temblaban, presas de un cosquilleo que no había sentido nunca antes. Cuando estaba a punto de salir, alcancé a escuchar la voz de mi madre que me llamaba desde el interior para preguntarme si estaba bien. Me prendí de la manija, pero no me atreví a abrir la puerta. Era como si escuchara una advertencia, como si algo dentro de mí me dijera que afuera estaba el mundo en toda su angustia. Me reprendí por mi cobardía.

Todavía con la mano en la manija, escuché cómo mi padre abría la puerta desde la calle. Me dije que estaba preparado para ver cualquier cosa, pero él se quedó parado frente a mí, grande como un remordimiento. Su camiseta estaba completamente manchada de sangre. Cubiertas estaban también sus manos y sus antebrazos. Me miró como hipnotizado, como si fuera yo una sombra salida de la misma noche de la que ahora volvía. El aroma ferroso que despedía se introdujo en mi nariz como un gusano y pronto me envolvió por completo en un abrazo inolvidable. Cerré los ojos y traté de explicarme, temeroso del castigo físico o el regaño, pero más de mi padre cubierto de sangre. Sentí mareos. Di un paso atrás, un paso instintivo, trémulo. Papá no me dijo nada. En cambio, se agachó y me acarició la cabeza, me besó la frente y me dijo que me quería mucho y que todo estaría bien. Que él me protegería. Cerró la puerta con llave y la jaló un par de veces para comprobar que estaba bien cerrada. Luego me llevó de la mano al lado de mamá.

Al vernos, mamá soltó un grito que quebrantó la madrugada.

—¡Marcos! ¿Quién te lastimó? —intentó incorporarse, batallando con mi hermano en brazos; papá la detuvo con un gesto.

—Estoy bien, mija. Esto… esto no es mío.

Algo en su semblante había cambiado. Aunque nadie dijo nada, una pregunta flotaba entre nosotros como un fantasma.

Me di cuenta de que me estaba mordiendo las uñas con tanto ahínco que me saqué sangre del pulgar. Mi padre se sentó a un lado de la cama y miró hacia la nada un momento. Mientras esperábamos, mamá bajó el volumen de la tele y recostó a mi hermano en el colchón. Luego ella también se quedó viendo a papá, que parecía medir sus palabras, tratando de entender lo que aquella frase haría con nosotros.

—Mataron a Sagrario.

Dijo sin levantar la vista y yo entendí que en tres palabras cabía toda la vida de una persona. Los escenarios que me había imaginado hasta entonces se esfumaron, no más detectives de televisión, ni pieles rojas y vaqueros confrontados en una lucha sin cuartel. Sólo Sagrario, del 27. Una mujer muerta, desangrada, que a partir de ese momento se volvería inquilina de mi imaginación. Mi padre se levantó todavía sin mirarnos y se detuvo frente al pasillo.

—Fue afuera de su casa. Tiene la cara destrozada… —dijo y le hizo una seña a mi madre para que me dejara junto a mi hermano y lo acompañara a la sala—. Cuando llegamos todavía respiraba, la abracé para ver si… no sé, para que no se muriera sola —mientras decía esto, mi padre miraba sus manos como si en ellas tomara forma el cuerpo sin vida de nuestra vecina—. La puerta de su casa estaba abierta, dejó las llaves pegadas… Pobrecita, tantito más y la libraba.

Mamá dijo algo que no puedo recordar y luego, con dulce firmeza, me ordenó que me recostara en su cama y la esperara ahí. Depositó el cuerpo somnoliento de mi hermano a mi lado. "Tranquilos, aquí estarán bien". Luego, ella y papá salieron del cuarto y caminaron hasta la sala para seguir hablando. Me acosté de cara al pasillo, que desde esa posición se me figuró a la boca de un muerto, pero aún no había visto ninguno.

Me aferré a las cobijas. Sentía la humedad de la sangre que me embarró papá en el cabello y en la ropa, y aquel aroma acre que se alojó en mi garganta. Sagrario había muerto. Sagrario, que tan sólo un día antes me saludó desde su Grand Marquis blanco, un auto nuevo que era su gran lujo y que siempre me pareció el símbolo que la distinguía del resto de las señoras del barrio. Había muerto afuera de su casa y eso era la primera prueba —demasiado real, demasiado cercana— de que mi colonia en donde nunca pasaba nada no era un lugar seguro, que probablemente nunca lo había sido y en ella, como en todos los barrios de Tlayolan, bastaba la noche para que alguien fuera hasta tu casa a matarte. Esa revelación se robó mi tranquilidad y, a partir de entonces, cada estallido nocturno se convirtió también en una interrogante. No sé cuánto tiempo pasé atento a los murmullos que llegaban desde la sala. Vencido por el cansancio, volteé hacia la pared y cerré los ojos.

La voz de mi hermano me llamó desde las sombras.

—El diablo también vendrá por ti. Ya verás.

Tengo treinta años. La vida me ha endurecido y humillado. Ya no comprendo la noche y el canto de los grillos fue destronado por el tartamudeo de los cuernos de chivo, los gritos de las víctimas ocasionales, las sirenas agónicas de la policía. Hace poco más de una década vi a mi primera chica muerta: su sangre regada en la tierra ha trazado grietas en mi conciencia.

Desde lo de Sagrario, las historias de las muertes violentas que conocí aumentaron exponencialmente. Vinieron a mi trabajo como reportero de medios locales del sur de Jalisco, donde pude observar el gradual (incontenible) avance del crimen organizado en la región. Pero también las presencié durante mis años como estudiante de Letras, o cuando fui profesor de literatura en el bachillerato, e incluso en las reuniones con amistades o parientes que contaban su propia versión sobre aquel horror cotidiano.

Ahora, la mayoría de estas historias parecen letanías en los medios de comunicación: muchachos de doce a dieciocho años baleados en la calle, arrojados en los baldíos o desvanecidos en alguna fosa clandestina; mujeres que salen de casa para dar el último paseo de sus vidas. Al principio vimos estos asesinatos desde la apartada seguridad del anonimato: las víctimas son desconocidos, las víctimas son de otros estados, otros pueblos, otros hogares. No obstante, no tardaron en volverse irremediablemente cercanos.

Mi hermano trabajó el turno nocturno en una de las gasolineras de Tlayolan. Durante aquellas madrugadas, las visitas esporádicas de delincuentes que cargaban un arsenal en el asiento trasero del coche se volvieron hallazgo frecuente entre los despachadores. De vez en cuando, la carga estaba compuesta por algo más "memorable".

Cierta noche —con ansias, en amores inflamada— una pick up blanca de doble cabina se detuvo para llenar el tanque. Desde su llegada, el aroma metálico de la sangre y de la carne en descomposición se propagó por el lugar, al grado de que mi hermano tuvo que cubrirse la nariz para controlar la náusea. El copiloto le extendió tres billetes de quinientos pesos. "Llénalo con pura de jamaica", le dijo, su voz se diluía en las notas de un narcocorrido. Mientras mi hermano llenaba el tanque, no pudo evitar asomarse de reojo a la caja, a pesar de haber aprendido —a la mala, siempre— que la curiosidad es el peor enemigo del hombre.

Iba llena de cadáveres. Hombres y mujeres acomodados en hileras, cruelmente distribuidos para aprovechar todo el espacio de la caja. Al verlos no pudo ignorar más la pestilencia y se dobló sobre sí mismo para no vomitar y durante los siguientes segundos trató de no hacer nada que llamara la atención de los tripulantes. "Ya quedó esa chingadera, compa", le gritaron desde la cabina. Mi hermano sacó la pistola de gasolina y cerró la pequeña compuerta. Luego fue a entregar el cambio: la vista al suelo, tratando de no hacer ningún gesto que lo delatara. El copiloto tomó su mano y la apretó con fuerza. "Ándate con cuidado, cabrón. Esta troca va llena de curiosos", le dijo antes de arrancar.

Conforme crecí me forcé a olvidar a Sagrario: la incógnita que su fallecimiento sembró en nuestra calle. No pude. Su asesinato fue apenas el anuncio de lo que se avecinaba. Masacres, desapariciones, trata de hombres, mujeres y niños, desafíos a cualquier límite de lo que un humano es capaz de hacerle a otro. La muerte se implantó en su casa y cada vez que paso por ahí creo verla, esparcida en el piso igual que una osamenta arrojada a un costado del camino.

Pensé en Sagrario cuando supe de la muerte de Rocío Vargas, asesinada por su marido en los primeros días de enero del año 2000, y sepultada —a medias— en la sala de su casa al extremo este de la ciudad. Al momento de su muerte, sus hijos de cinco y ocho años veían la televisión en la habitación contigua. El padre, al comprender lo que había hecho, los abandonó en un hotel y se dio a la fuga. Nunca dieron con su paradero. La muerte de Rocío no alcanzó ningún noticiero. Yo me enteré a los pocos días porque Pedro —así se llamaba su asesino— era mi maestro de natación y las madres de la alberca pública contaron aquella historia hasta que se volvió parte del imaginario local.

Sagrario volvió también —final, definitivamente— el día que mataron a mi tío Antonio en una carretera del sur, aquella mañana de marzo en la que por fin nos laceró la violencia. La muerte de mi tío, ocurrida en los primeros meses de 2005, fue también la frontera simbólica que separó aquel mundo de asesinados que tenían nombre y rostro y familias dolientes que todo el pueblo lograba identificar de la tolvanera de cadáveres sin identificación que se suscitaría en 2006. Nombres que, con la llegada de la Guerra contra el Crimen Organizado, se diluyeron en notas cada vez más breves en los distintos medios de información. Rostros que ya no somos capaces de contabilizar ni de reconocer.

Estas muertes me circuyen. Tres muertes *comunes*, pero que quedaron grabadas en la memoria del pueblo y de vez en cuando regresan para reclamar su lugar en la historia. Víctimas distribuidas en la geografía de Tlayolan, dibujando un nuevo atlas del silencio al que pertenecemos. Me llaman desde la vigilia como un rencor vivo y, a veces, como una advertencia.

Pronto serán ellas también engullidas por la realidad que nos ha sitiado: ocultas entre los camiones de cadáveres que la autoridad abandona en zonas residenciales, abrasadas en los camiones urbanos que arden con bebés en el interior, o mutiladas junto a las bolsas de cabezas y manos que decoran discotecas, centros nocturnos y hasta las plazas en diversos municipios de nuestro país.

Antes de que esto pase quiero acercarme a estas víctimas. Quiero perturbar su pasado y perfilar el presente que trazaron con sus vidas. Quiero comprender su paso por el mundo.

Quiero comprender.

Sur, 2005

Al oeste de Tlayolan está la Media Luna. La hacienda rulfiana es una hendidura entre dos cerros que se extiende desde el Nevado de Colima, en la Sierra del Tigre, hacia el noroeste, donde se encuentran los municipios de San Gabriel, Apulco, Tuxcacuesco. Aquella cadena montañosa rodea y conecta (al menos paisajísticamente) municipios tan dispares como Mazamitla, El Limón, Pihuamo, Tamazula y Tlayolan. Cuando estaba en la secundaria, salía a veces de mi casa y me tomaba un momento para observar la Media Luna. Pensaba en las leyendas que nutrieron la obra de Rulfo: personajes como la Perra Covarrubias y Pedro Zamora —que aparecen en *El Llano en llamas* y fueron tíos de mi abuela materna—, los cristeros del Nevado de Colima, y el silencio de aquellos pueblos fantasmales, sembrados de tragedia. En estas mismas montañas se ha vertido buena parte del mar de sangre que es nuestro estado, y en aquella sierra yacen cientos —ya miles— de cuerpos distribuidos en fosas clandestinas. La zona es uno de los focos rojos en materia de feminicidios, desapariciones forzadas y enfrentamientos armados con las fuerzas del crimen organizado. La violencia se ha drenado desde el paisaje rulfiano hasta nuestros pueblos: vivimos al filo de la sangre, con el luto a flor de piel. A veces he pensado que la cercanía geográfica con la Media Luna, y con la Comala mítica que inventó Juan Rulfo, ha servido para forjar entre los habitantes de Tlayolan cierto carácter ficcional: quizás ya todos estamos muertos, sólo falta que alguien nos avise.

Como una bahía piadosa, la Sierra del Tigre rodea el valle de Tlayolan y desciende, por el norte, en un cuenco lacustre cuyo espejo de agua cubre más de mil quinientas hectáreas. Aquel paisaje quedó retratado para siempre en los libros de texto gratuito de la SEP, de la mano de Juan José Arreola: "Es un valle redondo de maíz, un circo de montañas sin más adorno que su buen temperamento, un cielo azul y una laguna que viene y se va como un delgado sueño". Más de medio siglo después de que Arreola escribiera estas líneas, encontraron el cuerpo del niño Mariano flotando entre los lirios y los tules que cubren el agua. Mariano vendía flores en el jardín municipal. Durante muchos años los novios de Tlayolan batallamos con su peculiar manera de comerciar: agachaba la mirada al acercarse a la pareja de enamorados y decía, en un tono que parecía un ruego casi, que le compraran una flor porque "no había vendido nada". Su marcado sobrepeso, sumado con aquel dramatismo grotesco, daba risa y obligaba a consumirle. Las primeras flores que le di a Claudia, mi novia de la universidad, se las compré a él. En algún punto de 2010, Mariano empezó a trabajar como halcón para la Plaza del sur de Jalisco. Vio, dijo o calló cosas que no gustaron y le dieron el tiro de gracia en octubre de 2011, mientras el pueblo celebraba las fiestas en honor al patrono, San José. Mariano tenía trece años cuando lo mataron. Su cuerpo flotó durante ocho horas sobre el delgado sueño acuático antes de que lo reportara el grupo de pescadores que lo encontró.

Transformación similar ha sufrido el paisaje del este, originalmente cubierto por una espesura de encinos y pinos silvestres. El zarpazo de la agroindustria ha mutilado las colinas con tala clandestina, incendios forestales y, posteriormente, con sembradíos de aguacate que esparcen su simetría criminal hasta donde se pierde el horizonte. Al este de Tlayolan se encuentra el Cerro de la Campana, a donde solía ir a caminar con mis padres cuando era niño y que ahora se ha transformado en el patíbulo de los grupos criminales de la región. Mi amiga Mónica, que vive a las faldas del lugar, me ha contado de la cruel orquesta que se escucha en las madrugadas, cuando llevan a algún desafortunado al bosque para pagar una afrenta —casi siempre mortal— a los que controlan la Plaza. Hace años que el Cerro de la Campana mira el valle como verdugo sigiloso. Aunque todos los habitantes de Tlayolan sabemos lo que pasa ahí, nadie ha hecho una denuncia, nadie habla de eso, nadie voltea a ver al cerro después de cierta hora. En esta tierra de muertos, el ciego es rey.

Hacia el sur de Tlayolan se encuentra el territorio verde que conduce a las costas de Colima y Michoacán. Fue en una de estas carreteras, que suben o bajan según se va o se viene, donde Jorge Martínez le disparó a mi tío Antonio.

Hay noticias que se clavan en la vida. Nadie está preparado para ellas, aunque todos sabemos que algún día habrán de llegar: esperan en el teléfono de la casa familiar, en la pantalla negra de un celular, en una nota en el periódico, en la contestadora de la oficina, en un rostro amado que, al mirarnos, nos sumerge en la angustia. Y surgen en el momento menos pensado, a altas horas de la madrugada, en medio de una cena importante, o justo cuando todo va bien, cuando somos tan felices que olvidamos que la felicidad es un privilegio que caduca pronto. Habrá un antes y un después de ese timbre admonitorio, y uno aprenderá a contar el tiempo tomando ese nuevo punto como referencia inmediata, enmarcada por el trauma.

Entramos al Hospital General de Tlayolan poco antes de las tres de la tarde. Adelante de mí, entró mi padre con paso decidido, como si supiera hacia dónde dirigirse, aunque no sabíamos nada todavía. Mi hermano Julio iba detrás, apurando los pasos cortos de mi madre, quien iba ya llorando una muerte no segura, pero anunciada por los paramédicos que recogieron a mi tío Antonio para dejarlo en la sala de urgencias. Avanzamos a trompicones, mascullando todavía la noticia que, minutos antes, había fracturado nuestra historia familiar.

Fue mi madre quien atendió el teléfono. La voz del otro lado de la línea habló con el tono imperturbable de las malas noticias. Anunció el traslado de un individuo de treinta y cuatro años, de tez blanca y cabello corto, con un tatuaje de una araña en el tobillo izquierdo, que respondía al nombre de Antonio. Lo habían recogido a medio camino entre Pihuamo y Tecalitlán. Un conductor lo vio tirado al borde de la carretera, alzando la mano para pedir ayuda. Aunque no se detuvo, se tomó el tiempo de llamar a las autoridades y, en poco más de media hora, un par de patrullas y una ambulancia se presentaron en el lugar, donde comprobaron que seguía vivo.

Tenía fracturas en el brazo izquierdo, así como varios impactos de bala: uno en el pecho, uno en el hombro y uno en la cabeza. Le preguntaron si lo conocía. Les dijo que sí, que era su cuñado. Antonio llegaría en un par de horas al hospital y requerían a un pariente para que se hiciera cargo de todo.

Entraba y salía de la conciencia y era capaz de responder algunas cosas, lo cual era una buena noticia. Pero estaba grave. Mejor darse prisa. Mi madre escuchó imperturbable las instrucciones, anotó los números de referencia que le dictaron y, apenas colgó el teléfono, llamó a papá, quien se encontraba en el taller de la familia. Su voz era apenas audible, lacerada por la incredulidad y la angustia. ¿Por qué a mi familia?

Aquélla fue la segunda vez que la palabra *balazos* se implantó en nuestras vidas. Un balde de agua sucia, un conjuro que convocaba una realidad alterna, maligna, que se posaba sobre nosotros. No hubo la misma fascinación que en la infancia me había abordado, sólo las manos punzantes del miedo, la certeza de que los balazos no son eventos emocionantes, sino mensajeros —diestros— de la muerte.

En la sala de espera estaba mi abuelo Juan. Sentado, con los brazos estirados sobre los asientos y la cabeza hundida en el pecho como una especie de Cristo envejecido. No se dio cuenta cuando llegamos, y no fue sino hasta que mi padre posó la mano en su hombro que mi abuelo nos volteó a ver como si nos reconociera por primera vez. No sabía mucho. Aunque había llegado casi media hora antes que nosotros al hospital, los doctores y enfermeros mantenían a mi tío en observación, pues las múltiples heridas amenazaban con complicarse. Tendrían que intervenirlo quirúrgicamente.

Mi padre se dirigió hasta la ventanilla para pedir información sobre su hermano. Julio y yo nos quedamos con mi abuelo Juan mientras mamá salía a la calle en busca de un teléfono público para informar a sus cuñados de la situación. Cuando nos dejaron solos, me imaginaba a mi tío tendido y sangrante sobre una cama de hospital; y más que esto, lo imaginaba —o trataba de imaginarlo— horas antes, cuando todavía estaba sano y no tenía 24 gramos de plomo flotando en su cuerpo. ¿Qué estaba haciendo? ¿Qué clase de vida oculta llevaba que lo condujo a debatirse así entre la vida y la muerte? Al cabo de unos minutos, mi padre volvió a nuestro lado.

—El disparo a la cabeza no alcanzó a entrar. Lo malo es acá, en el pecho. Además del plomazo, le pasaron por encima con un coche. Se lo van a llevar a Guadalajara.

Nos dijo y se llevó la mano derecha a la boca, quizás para evitar que notáramos el temblor en su voz. Mi hermano se levantó y fue a abrazarlo, pegó su rostro en el pecho de mi padre y susurró palabras de consuelo que yo no alcancé a escuchar. Tuve la tentación de hacer lo mismo, pero no pude.

—¿En qué chingaderas andará metido? —dije como si hubiera escupido.

Fue apenas un impulso y lamenté de inmediato no haberlo contenido a tiempo. Noté que mi padre y mi abuelo me voltearon a ver con reproche. Al mismo tiempo, había en su mirada una especie de resignación, como si en aquella pregunta se condensaran sus propias ideas. Mi padre rompió el silencio.

—¿Por qué dices eso?

—Es obvio, ¿no? Nadie te da un balazo porque sí. Los narcos nomás se meten con los que algo deben… —dije categórico.

Mi padre no respondió. En cambio, se sentó junto a nosotros y se cruzó de brazos. Sentí que mi cabeza se calentaba. Podía escuchar mi respiración cada vez más fuerte. ¿Qué se sentiría que un coche te pasara por encima? Pensé en todos los animales atropellados que había visto en la carretera. Sus tripas reventadas, regándose por el asfalto en una mancha alargada y pestilente. Imaginé a mi tío con las vísceras de fuera, el cráneo resquebrajado por un balazo que no había logrado atravesar su cabeza dura que jamás logró memorizar la tabla del siete.

Pasados unos minutos, mi madre llegó hasta nosotros con la noticia de que mis tíos estaban en camino. Juan se iría a

Guadalajara para apoyar en la hospitalización. Joaquín y Verónica iban en camino al hospital de Tlayolan. Sentir la llegada de más personas fue un alivio. El horror, al compartirse, pierde profundidad y peso, como si se diluyera entre todos los involucrados. Yo también me permití relajarme, me recosté en el asiento y cerré los ojos.

—Mi hermano es un buen hombre —la voz de mi padre coaguló en mi interior—. Así que no digas pendejadas.

A unos metros de nosotros, la voz de una trabajadora social nos informó que el traslado de mi tío a Guadalajara estaba listo. Se fue tras de ella arrastrando los pasos.

La presunción de inocencia es una necesidad vital para los familiares de las víctimas en un crimen violento. El único desahogo ante un evento que te rebasa, que te sustrae de la tranquilidad y te arroja de lleno a la incertidumbre y la sangre, es la certeza de que tu familiar no lo merecía, que lo que le pasó es una treta del destino, un error que no pudo ser previsto ni evitado. Aunque mínimo, ese consuelo es suficiente para aliviar la impotencia, y te ayuda a seguir adelante cargando la culpa de haber perdido así a alguien.

Poco después de la muerte de Sagrario, las acusaciones de los vecinos que apuntaban hacia ella llegaron a los oídos de su familia. Anda en la calle, y sola, hasta muy altas horas de la noche. Es de cascos muy ligeritos. Se la vive en los bailes, pasando de un hombre a otro, como las cantimploras. Mete a desconocidos en su casa, y no tiene ni un año que se separó de su señor. Al dolor por la pérdida de su hija, hermana, tía, a la frialdad asfixiante de las autoridades policiacas o ministeriales, se añadió el ostracismo y la humillación pública. Ante esto, la actitud de sus familiares hacia mis vecinos se tornó hostil: las pocas veces que volvieron al barrio parecían llevar la consigna de no hablar con nadie, no saludar siquiera; simplemente entraban en la casa y se encerraban a limpiar o para llevarse, poco a poco, la memoria de su muerta.

La afirmación de que mi tío Antonio era un buen hombre, más que un reproche contra mi impertinencia, era una declaración de principios. Aunque no lo entendí entonces. Algunos años más tarde, mi padre habría de decir lo mismo sobre Gabriel, su único ahijado, el día que lo mataron. El hallazgo ocurrió un lunes, casi cuatro años después de la muerte de mi tío Antonio. Encontraron el cuerpo de Gabriel en la carretera a Tuxcacuesco, amarrado en un árbol de guamúchil. Sus brazos y sus piernas estaban rotos, y su rostro resultaba prácticamente irreconocible por los golpes que le habían propinado otros sicarios jóvenes, como él.

Pasó casi un mes desaparecido antes de que su familia lo encontrara. Cuando el hermano menor —Diego, quien tenía dieciséis años entonces— acudió a buscar el cuerpo al SEMEFO, en Guadalajara, lo reconoció por un pequeño tatuaje de una daga que Gabriel tenía en la pierna. Curiosamente, este detalle de sus señas particulares no formaba parte de la descripción de los carteles que la familia pegó por la ciudad e hizo llegar a los periódicos. Datos que insistían en una edad, un tono de piel, una estatura, y hasta la ropa que llevaba el día que desapareció. Toda la vida de un hombre en cinco líneas caligrafiadas, metáfora universal de la pérdida como posibilidad cada vez más posible.

Atención. Se busca. Se agradecerán informes.

El sepelio de Gabriel se llevó a cabo a unas cuadras de nuestra casa, en el lugar donde todavía vive su madre. Debido a que Gabriel se había encargado de enemistarse con la mayoría de amigos y parientes, el sepelio fue solitario: apenas un par de tías, amigos de la lejana infancia y nosotros. El patio en donde lo velaron olía a magnolias, pequeñas manchas blancas en las paredes que rodeaban el ataúd. Yo, que había tenido problemas con Gabriel antes, me sentía fuera de lugar. Por más que me esforzara no lograba sentir empatía con él, con la forma en la que había muerto.

Un par de años antes de su muerte, Gabriel y yo nos habíamos encontrado en una de las pocas discotecas del pueblo. Yo iba con Claudia y él con un grupo de sus nuevos amigos. Al verlo alcé la mano para saludarlo, pero él —que se encontraba bajo el efecto de alguna sustancia además del alcohol— tomó aquel gesto como un acto hostil y se acercó hasta nosotros. Me gritó un par de veces para que me acercara, pero no le hice caso. Sintiéndose ofendido, él y un par de acompañantes se acercaron a Claudia y Gabriel la abrazó por atrás y se dispuso a besarla y a manosearla en una clara provocación en la que caí inmediatamente. Cuando intenté detenerlo, alguien me tiró un puñetazo que me hizo sangrar la nariz y me paró en seco. Mientras me llevaba las manos al rostro, Gabriel sacó una pistola y me apuntó con ella, justo al hueco en medio de mis cejas.

El ruido de la música electrónica, el humo que salía de las máquinas de niebla, las luces metacromáticas que atravesaban el aire aquí y allá fragmentaron el tiempo frente a nosotros y, durante el larguísimo instante que estuvimos en los extremos opuestos del cañón, tuve el tiempo suficiente para pensar en todos los momentos que habíamos vivido juntos desde nuestra lejana infancia. Por alguna razón, estaba seguro de que Gabriel no dispararía contra mí; imaginaba que en cualquier momento sonreiría y me haría saber que todo era un mal chiste. Que seguíamos siendo tan amigos.

En cambio, vi un minúsculo fulgor en sus ojos, en donde se dibujaba una posibilidad que lo aterraba al mismo tiempo que lo atraía con una sensualidad irresistible. ¿Sería yo su primer muerto? ¿Se atrevería a entrar de lleno en el mundo que lo conduciría a su tumba precisamente en aquella discoteca?

No tengo una idea clara de cuánto tiempo transcurrió. Para mi suerte, uno de sus amigos acudió y se lo llevó lejos de nosotros.

—Ya vente, pinche Ajolote. Acá está más chido el cotorreo —le dijo jovial, como si aquello fuera parte de una jugarreta.

Gabriel me volteó a ver con desencanto, pero pronto se permitió una sonrisa y se dejó conducir lejos de nosotros.

—Eh, pinche Hiram, pensaste que ya te había cargado la verga, ¿verdad, culo?

Y se alejó esgrimiendo una sonora carcajada como la gran prueba de su magnanimidad.

¿No se había buscado él mismo aquella muerte al meterse en aquellas situaciones, en aquel "trabajo", con aquella gente? ¿Cómo podían todos sorprenderse de su muerte cuando todos lo habían visto haciendo gala de su nueva vida? ¿Qué otra cosa podía pasarle?

Cuestionarme esto frente al ataúd de Gabriel me hacía sentir enfermo. Sentía que había sucumbido al morbo y no al deseo de expresarle el último adiós al que, hasta un par de años atrás, había sido mi amigo. Por eso había hecho un esfuerzo por no presentarme, por dejar que sólo acudieran los que de verdad lo extrañarían. No obstante, la orden de mi padre fue categórica.

—Los muertos ya no nos deben nada. Anda y perdónalo.

Apenas al llegar al lugar, vi a su madre recibiendo a los pocos visitantes con canela y galletas. Nos acercamos a ella como una procesión de sombras inflamadas en el silencio. La cabeza gacha, vencida por la vergüenza. Mi madre le regaló un arreglo de flores y, a cambio, la señora le entregó una fotografía de Gabriel que "había estado guardando para ella". Después de esto, todos nos turnamos para abrazarla.

Cuando me tocó a mí, la mujer apretó mi brazo con dulce firmeza.

—Gaby te quería mucho, Hiram. Siempre te consideró su amigo. Ojalá que algún día puedas perdonarlo —me dijo y besó mi mejilla. Sus ojos fijos desprendieron también un minúsculo fulgor que, en el rostro de aquella mujer tierna, me pareció una vieja herida.

No supe qué responder, me limité a asentir y a decirle que todo estaba bien. Que ni siquiera recordaba lo que había pasado. La señora me miró con una media sonrisa y se retiró hacia la cocina. Mientras la miraba alejarse, repetía en mi cabeza las palabras de mi padre. Los muertos no le deben nada a nadie.

Yo no lo pensaba así. Desde aquel incidente en la discoteca, no sólo había roto mi relación con Gabriel, sino que pasé algunas semanas planeando una posible venganza. Si bien sabía que era imposible amenazarlo de manera semejante, o ejercer contra él cualquier tipo de violencia, aquellas maquinaciones imposibles me entretenían lo suficiente como para entumecer mi honor mancillado. Durante muchos días le había deseado el daño, incluso había pensado en su muerte que, en mi imaginación, era siempre terrible. Ahora que lo veía tendido en su ataúd, con su rostro transmutado por los golpes, comprendí que mi imaginación no se acercaba a la dureza de la vida real. Porque eso hace el dolor: te revela tal cual eres ante el mundo.

Me acerqué a mi padre, que se había sentado a un costado del ataúd. Se restregaba las manos en un movimiento lento, como si tratara de desmenuzar sus recuerdos. El ataúd de

Gabriel desprendía un fulgor constante que, golpeado por los rezos de los presentes, le daba un aura mística que me trajo una extraña tranquilidad. Por un momento, el aroma de la canela caliente, el calor de las velas, me llenaron de pesadez. Me tallé la nariz con el dorso de la mano, después crucé los brazos y me recargué en el muro. "La neta no quería que te murieras, pinche Gabriel", pensé.

Fue entonces que mi padre habló.

—Mi ahijado era buen muchacho —dijo—. No tenía que morirse así.

Y yo sentí que las palabras bajaron por mi garganta como un trago de fango.

Al día siguiente, cerca del mediodía, papá y yo acudimos al Ministerio Público. Mi tío había salido de su cirugía de emergencia y se encontraba "estable", aunque entre esta palabra y las que esperábamos escuchar —"fuera de peligro" o "bien"— había una distancia que no lograríamos franquear. Era una oficina pequeña a unas cuadras del centro, en donde apenas un par de funcionarios y secretarias malhumoradas se encargaban de procesar poco más de una docena semanal de delitos menores: robos sin violencia, peleas callejeras, destrozos de la propiedad privada, atropellamientos. Un intento de asesinato no era algo nuevo para los trabajadores; no obstante, nos quedó claro desde el principio que tampoco era un tema de todos los días.

Cuando fue nuestro turno, papá intentó explicarle al funcionario lo que había ocurrido, aunque no teníamos todavía mucha información: alguien había intentado asesinar a mi tío Antonio. El interrogatorio que siguió al relato de papá parecía un intento por incriminar a mi tío de alguna forma.

¿Tenía algún antecedente de actividades ilícitas? ¿Se asociaba con personas de naturaleza violenta? ¿Solía portar armas o reunirse con personas que las portaran? ¿Lo que le había ocurrido era de esperarse en alguien como él?

¿Cómo era la vida de mi tío? Esta pregunta, que debió parecer la más perturbadora para mi padre, se extendía a territorios que nadie logró penetrar plenamente. Aunque tenía treinta y cuatro años, mi tío no tenía una familia, una novia estable, o siquiera intenciones de establecerse, como ya había hecho el resto de sus hermanos. Trabajaba en la rectificadora de la familia en un horario cambiante: a veces llegaba a las doce del día, poco después de levantarse (su cuarto estaba ubicado encima del local del taller), y se quedaba trabajando hasta las tres o cuatro, hora en la que subía a desayunar, bañarse y prepararse para salir con sus amigos a algún rincón de Tlayolan o de otro pueblo cercano.

No tenía enemigos aparentes. Tampoco una relación escondida que provocara algún pleito de faldas. En ese entonces salía con Criseida, una viuda diez años mayor que él que había tolerado durante casi un año su vida de soltero empedernido. Pero ni ella, ni sus amigos, ni sus hermanos habían visto algo que se saliera de la normalidad tan anormal de la vida de mi tío.

—Quizás le debía algo a la gente equivocada… cada vez es más normal ver casos así. Lo peor es que las familias son casi siempre las últimas en enterarse —nos dijo, sin ningún tipo de malicia, con el tono de quien sabe exactamente de lo que está hablando.

Mi padre se mantuvo firme en expresar la absoluta imposibilidad de que mi tío fuera un criminal a escondidas de la familia, si bien su relato revelaba lo poco que conocíamos sobre su vida. Mientras escuchaba aquella conversación, traté de pensar en las pocas veces que había acompañado a mi tío en alguna salida nocturna. Cuando tenía ocho años me llevó a un billar donde me dio a probar un poco de su cerveza. Luego, a los trece, me invitó a ir con su novia a un bar. En aquella ocasión, la novia llevó con ella a una amiga que estuvo conmigo toda la noche. Antes de irse, la muchacha colocó su mano en mi entrepierna apenas por un instante y me besó en los labios. "A ver cuándo vienes a verme sin tu tío, niño". Cuando cumplí dieciséis lo acompañé a una fiesta callejera en la colonia Constituyentes; un amigo de mi tío empezó una pelea en el puesto de futbolitos y después todos participamos en una batalla campal. Esa noche me reventaron la boca y llegué a casa con un ojo morado y tuve que inventarme una historia para explicarles a mis padres dónde había estado. En aquella vida nocturna, pensaba yo, era posible que mi tío encontrara más de alguna enemistad. ¿Por qué papá se negaba a verlo?

Pasó casi una hora hasta que la denuncia quedó conformada. El licenciado nos entregó una copia para que papá revisara la redacción de los hechos en el caso de que algo se hubiera omitido. Una vez que estuvo conforme, estrechamos la mano del funcionario y nos dispusimos a viajar a Guadalajara para reunirnos con el resto de la familia. Todavía antes de salir nos dijo que no nos hiciéramos muchas ilusiones.

—Veo difícil que lleguemos a dar con alguien. Con tan poca información no hay mucho que hacer.

Acostumbrado como estaba a los programas policiacos y a las películas gringas donde la justicia se daba siempre por hecho, aquel primer encuentro con el dominio de la impunidad en nuestro sistema judicial me produjo un malestar casi físico. Durante todo el camino me asaltó la imagen de mi tío en su camilla ensangrentada, una fotografía mental que me demandaba retribución, justicia o, por lo menos, venganza. Aunque tuviéramos que hacer la búsqueda por nuestra propia cuenta. Aunque metiéramos las manos en el lodo para conseguir nuestro objetivo.

Cuando llegamos al hospital traté de expresarle mi sentir a mi padre, pero la silueta de mamá mirándonos desde la sala de espera me hizo olvidar momentáneamente mis deseos. Bajamos del coche esperando lo peor. Por fortuna, la voz de mamá no tardó en sacarnos de nuestras cavilaciones.

Mi tío había despertado. Quería hablar con papá.

Oeste, 2000

La historia de Rocío está llena de pájaros.

La mañana que la mataron, en la casa de su hermana, un grupo de palomas se estrelló contra la ventana que daba a la calle. Eran casi las nueve, y su llegada fue encuentro premonitorio que nadie supo descifrar. El impacto de las aves contra el cristal sobresaltó a Julieta Vargas y a su marido, Germán Macías, que recientemente habían regresado de las vacaciones de invierno. Era un día claro, un poco frío a pesar de que hacía rato que el sol había soltado sus cabellos sobre todas las calles de Tlayolan. Ella limpiaba la habitación matrimonial; él estaba en el patio, reparando una fuga de agua. No tenían hijos, de ahí que el ruido provocado por los pájaros suicidas se notara con mayor claridad.

De las diez o doce palomas —no hay coincidencias en cuanto al número exacto— que golpearon la ventana, al menos seis murieron al impactar su pequeño cráneo contra la superficie dura. Los golpes formaron un par de telarañas diminutas en el vidrio y hasta una grieta que subía en la esquina superior derecha de la ventana. Las aves que quedaron vivas bailaron una danza moribunda en el pequeño jardín frente a la casa, donde Julieta había sembrado rosales y una joven buganvilia; las espinas hirieron el cuerpo plumífero de las palomas y les arrancaron nítidos gorjeos. Aquel silbido se escurrió por el pasillo, impregnando los muros y los muebles a su paso; no tardó en llamar a los habitantes que, a pesar de los años, todavía lo recuerdan como una particular pero inconfundible melodía, como si aquellas aves agónicas, en vez de cantar, lloraran. Los esposos fueron juntos a buscar el origen del lamento y al observar a las palomas, sintieron que otro pájaro empezaba a volar en sus cuerpos. Contrario a la normalidad, recuerdan que las aves no huyeron de su encuentro ni intentaron escaparse del jardín. Permanecieron dando vueltas entre las flores durante algunos minutos. Caminando de un rosal a otro. Cantando.

Rocío también cantaba. Durante sus años en Tlayolan, trabajó en escuelas públicas y en algunos colegios impartiendo clases de música. En el jardín de niños Guillermo Jiménez, ubicado a unas cuadras de su domicilio, encontró tiempo y espacio para ejercer su vocación como maestra de canto y piano. Tres de mis amigos más cercanos tomaron clases con ella y la recuerdan vagamente. La describen como una mujer luminosa, que los abrazaba mucho y que siempre estaba contenta. Luego un día, sin más aviso, dejaron de verla, y lo cierto es que nunca se preguntaron qué había pasado con la maestra cantora. Lo comprendieron, los tres, unos años más tarde, cuando ya la noticia de su asesinato había circulado de boca en boca por Tlayolan y llegó a cada exalumno de Rocío Vargas.

Pero son las nueve de la mañana del 4 de enero y Rocío todavía está viva. Puedo verla claramente: lleva una blusa blanca con rayas horizontales y un pantalón de mezclilla azul. Su cabello, recortado hasta los hombros, luce tonos rojizos de acuerdo con la moda de la época; se esponja a pesar de sus esfuerzos por mantenerlo lacio. Lleva un par de aretes con pequeñas piedras rojas. A pesar de que no ha sido una buena mañana, Rocío sonríe. Se ha levantado temprano para hacer el quehacer, para preparar el desayuno, para poner una carga de ropa que no alcanzará a tender. Sus hijos también han despertado temprano, han tomado el desayuno y ahora descansan en la sala, viendo una película infantil. La sala ha sido acondicionada para ver películas; el dinero es poco y la vida es dura, así que el matrimonio Flores Vargas se las ha ingeniado para adaptar el espacio familiar y convertirlo en una sala de cine: cuatro bocinas cuelgan de las paredes laterales y un pequeño estéreo Sharp emula vagamente la sensación *surround* que tiene el cine José Clemente Orozco en el jardín municipal. Las tardes de los martes y los jueves reproducen películas para los niños del barrio: *El rey león*, *Space Jam*, *George de la selva*, *Bichos*, *Toy Story*. Algunas tardes, también, Rocío da clases particulares a tres estudiantes talentosos que la han seguido con devoción hasta su casa.

Pedro le grita desde la habitación. Está cansada, el día anterior pelearon antes de acostarse y ninguno de los dos ha podido dormir bien. Ahora, la perspectiva de continuar esa discusión es frustrante, pero ella ha aprendido que no debe ignorar a su pareja, que su marido necesita descargar la ira y los celos y la frustración si es que esperan pasar el resto del día en paz. Así la ha forjado la costumbre. Así ha sido siempre. No este día. Rocío deja a los niños viendo una película, les dice que estén tranquilos, que no hagan ruido para no molestar a su padre, que todo estará bien, y camina a la recámara matrimonial y cierra la puerta tras de sí con la resignación de los que avanzan al cadalso.

Pedro asesinó a Rocío en algún punto entre las nueve treinta y las diez de la mañana. La mató en su domicilio de la calle Encinos, apenas a cinco cuadras de su lugar de trabajo, y a tres del panteón municipal. Se determinó que la causa de muerte fue un golpe contundente que fracturó el cráneo, pero las verdaderas razones son mucho más profundas. Las primeras averiguaciones presumieron un *crimen pasional*, es decir que el hombre había cometido el asesinato en un momento de ofuscación o celos incontrolables. Tendrían que pasar más de diez años para que el término *feminicidio* se integrara al imaginario judicial en nuestra región.

Cuando vio que la había asesinado, Pedro se llevó a sus hijos a un hotel y fue a comprar herramienta. Durante el transcurso de aquella tarde, cavó un pozo en la sala de su casa —la sala cinema— con la intención de sepultarla. No pudo —o no quiso— terminarlo, así que depositó el cuerpo inerte de su mujer en la tumba improvisada: sólo la mitad cupo dentro del pozo, la otra mitad sigue asomándose, para siempre. Le echó encima dos sacos de cal y se dio a la fuga, dejando huérfanos a Marta, de cinco años, y a Rubén, de siete. Rocío tenía veintisiete años.

Los vecinos debieron escuchar los gritos aquella mañana. Debieron notar algo diferente, cierta virulencia inusual en la discusión que antecedió al silencio viscoso de la muerte. Decidieron no intervenir. Nadie llamó a la puerta de la familia para preguntar si todo estaba bien. Nadie llamó a la policía para informarle de la escalada de violencia en un hogar donde los conflictos eran frecuentes. No los culpo. Yo también crecí sabiendo que los trapos sucios se lavan en casa.

Pedro Flores, quien al momento del asesinato tenía treinta y un años, también fue profesor en el jardín de niños Guillermo Jiménez. Impartía Educación Física. Era un hombre fuerte, de buen humor, que tuvo rápidamente éxito y aceptación entre los estudiantes. Con sus compañeros de trabajo fue un sujeto amable y respetado. Querido, incluso. Esto hizo difícil conciliar los acontecimientos del 4 de enero con la imagen de Pedro: para todos los que los conocieron, el desenlace que tuvo su historia de amor no tenía sentido, cosas así pasaban en la capital, o en las ciudades del norte plagadas de muertas que entonces eran como "la Dimensión Desconocida", como los bautizara el célebre agente Robert K. Ressler. Pero una mirada atenta era suficiente para notar las grietas. Algunos colegas suyos recuerdan desencuentros: ciertas miradas, cambios en el tono de voz o comportamientos hostiles en el sitio de trabajo y, muchos coinciden en esto, la sensación de que Pedro tenía un carácter "particularmente fuerte". Me pregunto cuántos anticiparon el castillo de rabia que fue construyendo en la imaginación durante años. Cuántos sabían que, de manera sistemática, maltrataba a Rocío en casa.

Pero, ¿matar a su esposa a golpes? No, de Pedro no se lo imaginaban.

A unas cuadras de la casa de Rocío se encuentra la plazuela que llaman de Ameca, una especie de triángulo de concreto que bifurca la calle en dos senderos que conducen al panteón municipal. El sitio gozó de cierta celebridad a mediados del siglo xx, cuando Juan José Arreola ubicó en ella uno de sus cuentos, "Corrido", que apareció en *Confabulario* en 1952. De acuerdo con la historia, dos hombres se encontraron en la plazuela y, en un repentino y misterioso arranque de bravura, se dieron muerte a machetazos. Los vecinos más viejos de la zona aseguran que la historia es cierta, y que los hombres pelearon por el amor de una mancornadora. En la actualidad, la plazuela es sitio de reunión para centenares de jóvenes que acuden cada noche a la licorería que se halla justo a un costado del triángulo de concreto. El circuito del brío que narrara Arreola fue sustituido por la fiesta, el alcohol y la camaradería que se extiende por encima de una plazuela donde dos hombres se dieron muerte. Quizás todo el pueblo sea eso, una gran fiesta que se celebra sobre la sangre.

Claudia vivía por ahí. Cuando nos conocimos, en los primeros años de la preparatoria, solía acompañarla a pie hasta su casa. Juntos atravesábamos la avenida Reforma, tomábamos la calle que descendía por el Santuario de Guadalupe y en la plazuela de Ameca nos quedábamos ensayando palabras de amor durante una hora o más. Ciertamente no era el rincón más romántico de la ciudad, y la historia de los muertos arreolinos no servía para fomentar el romance, pero era nuestro lugar en el mundo, el espacio donde aprendimos a querernos y a hacernos daño. No duró mucho, el lugar nos fue arrebatado poco antes de cumplir nuestro segundo aniversario de novios, el día que una pick up se detuvo a unos metros de nosotros y nos enseñó de golpe la materia de la que está construido nuestro mundo.

Fue apenas un instante. El chirrido de las llantas, un quejido poroso que emponzoñó mi imaginación, y el cuerpo de una muchacha de nuestra edad, apenas distinta de la Claudia que recuerdo, cayendo de espaldas en el pavimento, segundos antes de que la camioneta arrancara y nos dejara ahí, erguidos como signos de exclamación. Tardamos unos segundos en reaccionar. Luego, Claudia se soltó de mi mano y avanzó con pasos nerviosos hasta donde había caído el cuerpo. Verla así, parada junto a la muchacha inconsciente, me espabiló de inmediato y no tardé en ir hacia ella. Por alguna razón, la tomé de los brazos y traté de impedir que siguiera avanzando, como si el cuerpo yaciente fuera una mancha, como si tratara de evitar que alcanzara nuestros cuerpos.

La habían golpeado con saña. Tenía un ojo morado y sus labios reventados exhibían pequeñas gotas de sangre seca. Su ropa estaba completamente enterregada, como llenos de tierra estaban su cabello y sus brazos y sus manos. Pero respiraba. Cuando la vimos con atención, notamos que su pecho subía y bajaba a un ritmo lento, suave, similar al de un profundo sueño. Fue al notar que estaba viva que Claudia y yo nos precipitamos sobre ella y la tocamos y hablamos con ella tratando de hacerla reaccionar.

Sagrario era Rosita Alvírez. Al mismo tiempo admirada que vista con recelo, su vida en el barrio de Las Peñas llenó durante mucho tiempo las bocas de los buenos vecinos, para quienes una mujer divorciada en la primera mitad de los noventa era poco menos que una quimera. Si era feliz, peor. Y Sagrario no dudaba en expresar su felicidad en todas sus actividades. Era feliz cuando iba a caminar al cerro de Los Ocotillos a las siete de la mañana. Feliz cuando se peinaba y se vestía escuchando a Chayanne, Selena Quintanilla o Magneto: "Vuela, vuela, no te hace falta equipaje…". Feliz cuando calentaba su coche, el Grand Marquis blanco que era su gran lujo y que durante muchas tardes observé con admiración. Feliz iba al trabajo a ganar su dinero, y felizmente se lo gastaba también en ropa de moda, en arreglarse el pelo o en maquillarse.

Su última mañana en el mundo la recibió con agitación. En aquel entonces, la frontera del barrio con el bosque estaba claramente delimitada por el riachuelo que bajaba de Las Peñas. Los cerros aún no tocados por la agroindustria lucían los colores marrones del otoño en un espectáculo de árboles que estimulaba la imaginación. Sagrario amaba esos árboles rendidos al fin del año, procuraba con frecuencia aquellos caminos que la alejaban de las zonas habitadas y la sumergían en las cavidades herbarias del paisaje.

Esa tarde tenía planeado acudir a las fiestas patronales de Zapotiltic, un poblado a unos treinta minutos de Tlayolan. Se puso de acuerdo con Hernán Maldonado, un amigo que conoció en el trabajo, para ir juntos al palenque. Ahí beberían cerveza, bailarían, celebrarían todo lo que valiera la pena celebrar en una fiesta desde la tarde hasta la madrugada. Aquella noche era una promesa de descanso merecido, desenfreno necesario. *Mamá no tengo la culpa que a mí me gusten los bailes.*

Hacía poco que se había separado del marido, Ricardo Rangel. Fue un matrimonio breve —apenas duró once meses—, pero el resentimiento dilata cualquier fecha. Luego de su separación, el exmarido regresó a Zapotiltic y Sagrario ganó el derecho a quedarse con la casa en Las Peñas. Ser dueña de su propia casa era también algo inusual, y aunado a su actitud "extravagante", terminó por convertirla en un personaje de mi barrio al que los niños nos acercábamos con fascinación y recelo.

Yo hablaba con ella cuando nos encontrábamos en la tienda, de camino a casa o en el puesto de las tortillas. Siempre me saludó por mi nombre y me trató con deferencia, como no vi que tratara a otros niños. Me pidió que le hablara de tú. A mis ocho años, escuchar que me llamaran por mi nombre —sin el molesto diminutivo— me parecía muy extraño, pero era también intrigante y me obligó a comprender que aquélla no era una señora como cualquier otra. Esto, aunado a su saludo cotidiano desde la seguridad de su Grand Marquis, no hizo sino aumentar la atracción que sentía cuando pensaba en ella.

Estuvo con su amigo toda la tarde. Tal y como habían acordado, ella se fue en su coche y lo encontró allá, cerca de la calle donde se celebraban las fiestas. Cenaron juntos, bebieron cerveza y, cerca del anochecer, fueron al área del palenque. Sagrario llevaba un pantalón de mezclilla blanco, que se ajustaba perfectamente a sus caderas, un poco más anchas de lo que ella hubiera querido. Su blusa floreada dejaba entrever un escote que provocó las miradas de quienes bailaban a su alrededor. Entre ellos, la de su exesposo, Ricardo, quien era un asiduo visitante de las peleas de gallos.

Atenazado por el alcohol y por la escena de su exmujer disfrutando la noche regalada por otro hombre, Ricardo la abordó mientras bailaba con Hernán. A pesar de que llevaban tiempo separados, el hombre debió sentir alguna clase de afrenta. La confrontación verbal no debió pasar de eso: una escena de celos, gritos que se confundían con los instrumentos de viento de la banda, algunas miradas incómodas de los demás visitantes. Luego la partida de Ricardo quien, viéndose derrotado en su propio pueblo, salió del palenque hacia su vieja Ford pick up y arrancó hacia el último rincón de la noche.

Sagrario debió sentirse satisfecha por esta pequeña victoria. Debió celebrar con orgullo su imposición ante los deseos necios del exmarido y quizás por eso postergó su estancia en el palenque hasta la madrugada, algo que no había hecho antes. Era imposible para ella saber que la feroz moneda estaba ya en el aire, que Ricardo se había estacionado a unas cuantas casas de su domicilio en Tlayolan, y que la esperaba paciente, con diligencia, casi como un enamorado. *Rosita le dijo a Irene: "No te olvides de mi nombre. Cuando vayas a los bailes no desprecies a los hombres".*

Al abrir los ojos, la muchacha se fijó primeramente en mí y me tiró un manotazo a la cara que no alcancé a cubrir. Sus uñas se clavaron con furia en mis mejillas y trazaron un surco carmín desde la base de mi ojo derecho hasta la barbilla. Al sentir el impacto, maldije y me caí de nalgas en el pavimento. Más que rabia, aquel ataque me produjo miedo, como si me hubiera alcanzado el zarpazo de una fiera acorralada. La muchacha gritó con fuerza, pero su reacción inicial no se prolongó más allá de unos segundos, pues pronto notó las casas, la calle, y en general una atmósfera urbana que le dejó claro que no se hallaba en manos de sus agresores.

—Tuviste suerte —dijo Claudia, y noté que aquellas palabras herían su boca.

Le preguntó su nombre, si sabía en dónde estaba, si recordaba lo que le había pasado. Pero ella no respondió de inmediato. Se quedó viendo los labios de Claudia como hipnotizada, como si por primera vez escuchara palabras y tuviera que hacer un esfuerzo inmenso por atraerlas desde aquella boca pequeña y carnosa. Finalmente, la muchacha carraspeó. Jazmín. Nos dijo que su nombre era Jazmín.

Recuperado del impacto inicial, me acerqué con cautela a Claudia y juntos ayudamos a Jazmín a llegar hasta la banca de la plazuela. Para ese entonces algunas personas se habían acercado hasta nosotros y se ofrecieron a llamar a la policía o a una ambulancia o a la familia de Jazmín. Por alguna razón, escuchar a los consternados vecinos me causó temor, como si intuyera que, de quedarnos ahí, formaríamos parte de un problema que podría crecer más allá de nuestro control. ¿Nos pedirían testimonio los policías preventivos? ¿Nos llevarían a declarar en una patrulla? ¿Y si los agresores de Jazmín se daban cuenta de que habíamos declarado en su contra? ¿Y si al haber visto en Claudia otra presa fácil decidían volver por ella? ¿Sería capaz de defenderla?

Conforme la muchacha iba hilando el relato de su día —había pasado toda la noche en casa de sus captores, quienes le dieron alcohol y drogas y pasaron más de doce horas golpeándola o penetrándola con sus penes, botellas de vidrio y hasta con un desarmador—, el temor de que nos compenetráramos con ella creció hasta volverse insoportable. No tardé en decirle a Claudia que lo mejor era irnos, que ya no podíamos hacer nada por ella, que pronto llegarían las autoridades para ayudarla. Que no era conveniente involucrarnos. Los ojos de la muchacha se convirtieron en espinas que aguijaron mi conciencia. En el fondo, sólo quería largarme, quería que aquella muchacha herida se alejara de nuestras vidas y quedara reducida, con el tiempo, al espacio indefinido de la anécdota. Recuerdo que Claudia se molestó por mi actitud. Ante mi insistencia, me dirigió una mirada reprobatoria, como si me desconociera, como si me estuviera preguntando: ¿qué harías si hubiera sido yo?

Desarmado, no tuve más remedio que permanecer a la vera, esperando el momento temible en que la situación se saliera de control. Caminaba de un lado a otro de la plaza, miraba por encima de mi hombro por si aquella pick up se asomaba en algún sitio y así tener tiempo suficiente para correr. Durante todo este tiempo, sentí la mirada de Jazmín fija en mí, y durante el par de ocasiones que nuestros ojos se cruzaron, pude notar que ella había logrado ver en mi interior, y que mi miedo o mi desinterés la herían. No había nada que hacer. Pasados unos minutos volví a sugerirle a Claudia que nos fuéramos, pero esta vez fue Jazmín quien respondió.

—Sabes qué, llévatelo, por favor. Me pone de malas que esté aquí —le dijo sin voltear a verme. Luego se levantó y se sacudió el polvo de la ropa. Se acomodó el pelo tanto como pudo y pasó el dorso de su mano por sus labios reventados, para limpiarse la sangre—. Alguien que me pida un taxi, por favor. Quiero irme a casa.

Dijo y caminó un par de pasos lejos de nosotros. Una señora que miraba la escena sacó su celular y llamó a un carro de sitio. Yo me quedé mudo, sentí una ráfaga de calor que subía hasta mi cara y se apoyaba en mis mejillas. Quise pedir disculpas, pero las palabras no salieron. Claudia todavía intentó ayudarla, pero la muchacha la rechazó poniendo la mano en su hombro.

—Vete con él, chula. Se ve que necesita cuidados.

Y diciendo esto nos dio la espalda y se quedó hablando con la señora del celular. Durante el trayecto a su casa, Claudia no me dijo nada. Ningún reproche. Ningún lamento. Nada. La dejé afuera del cancel negro de siempre y entró sin despedirse. Dejamos de hablar durante casi un mes.

He comenzado a escribir un diario para dar forma a estos relatos. Para trazar un cauce que me ayude a conectar lo que le ocurrió a mi tío Antonio y a Sagrario y a Rocío, por ejemplo. Leo lo que he escrito sobre Rocío y me doy cuenta de que la ropa con la que la imagino no consta en ningún testimonio, archivo o fotografía. Es la ropa de mi madre. Me ha ocurrido durante todo este tiempo que, cuando pienso en Rocío, veo a mi madre en aquella época, vinculada por tantas cosas con la maestra muerta. Recuerdo a mi madre con esa blusa, sentada en el comedor de la sala en una noche de febrero. Es un viernes como cualquier otro y regreso a casa de una jornada en el periódico, en donde trabajo como editor de fin de semana y periodista. Mi madre rasca con sus dedos índices la mesa del comedor —lo hace con frecuencia, hay pequeños huecos tallados con sus uñas en la madera—, su mirada hacia abajo, mirando un punto más allá de nuestra casa.

Junto a ella está mi padre. Lleva una camiseta gris y un pantalón de mezclilla. Sus cabellos despeinados y su bigote hirsuto le dan un aspecto gallardo que no estoy dispuesto a admitir ante él. Me saludan al entrar y luego siguen cenando en silencio. Puedo notar cierta pesadez en el aire, el tipo de ambiente que se apodera de nuestra casa luego de una pelea intensa; no obstante, me he acostumbrado ya a los gritos familiares y prefiero no saber nada al respecto. Camino a mi cuarto, dejo mi mochila y me quito los zapatos. Ha sido un día duro en el periódico, he tenido que cubrir un accidente automovilístico en el que ha muerto una familia completa. El niño, de dos años, salió disparado por el parabrisas: su cabeza se desprendió del cuerpo y no la encontrarán sino hasta el día siguiente, en una zanja de la carretera.

Quisiera hablarles sobre esto, liberar un poco la angustia que me ha atenazado el estómago, soltar las imágenes que vuelven una y otra vez y que me quitarán el sueño algunas semanas. Pero sé que no puedo. Voy a la cocina y me sirvo un plato de frijoles con queso. Luego tomo mi lugar en la mesa y mi madre dice:

—Quisiera estar muerta.

Será la primera vez que la escucho decir estas palabras. No será la última. Dejo la cuchara en mi plato y alzo la mirada hacia ella; sus ojos titilan débilmente como estrellas enfermas. Hace tiempo que la noto triste, desconectada de sus hijos y de su casa. A pesar de esto, sus palabras me la muestran por primera vez como un ser independiente. Una mujer que es mucho más que sólo mi madre. Y esa mujer sufre. Mi padre voltea a verla, su rostro enrojece, su respiración se agita.

—¿Cómo dices esas chingaderas frente a tu hijo, Milagros? Contrólate, por favor.

Y apunta hacia mí, haciéndome una señal para que me acerque a ella. No puedo moverme. La observo mientras clava los ojos en mí.

—Pues mejor que escuche todo —su boca pequeña afila sus palabras—. Que sepa que su madre está muerta en vida. Que sepa que ya no quiero nada de esto.

Y al decirlo mira en rededor como si quisiera desaparecer toda la casa.

Hace unos días, una mujer desconocida ha llamado a casa para decirle a mamá que mi padre tiene una amante. Se llama Lucero y desde hace más de dos años que ha estado con papá. La mujer, que no revela nunca su identidad, le dice que se lo cuenta porque "si estuviera en su lugar, a ella le gustaría saber". Al escuchar esto mi madre ha asentido. Tiene razón: ella también prefiere saberlo.

Mi padre se recarga en su silla. Me sonríe y alza los hombros. Conozco ese gesto, me tranquiliza. Es el tipo de gesto que me dice que, sin importar lo que mi madre diga o haga en los próximos minutos, todo estará bien, todo volverá a la *normalidad* apenas pase su berrinche. Hay que dejar que se desahogue sin hacerle mucho caso. Mi padre se levanta y lleva su plato al fregador; de reojo, noto que todavía no ha terminado de cenar. Llevo la cuchara a mi boca y mastico.

Mi madre estalla.

—¡A ti no te importa lo que pasa en esta casa, cabrón! ¡Tú tienes dos familias! ¿Cómo te va a pesar perder ésta? —dice y siento el zarpazo de su voz.

Mi padre no responde. Sigue actuando como si nada estuviera pasando. Termina de lavar su plato y se encamina a la calle. Cuando pasa junto a mí, escucho que me habla: "Todo está bien, ya se le pasará". Luego enciende el coche y se marcha. No volverá a casa en un par de días.

Pasamos unos minutos en silencio. Quiero levantarme y abrazar a mamá, pero algo me mantiene clavado en mi sitio. Siento como si hubiera presenciado algo prohibido. O sagrado. Los ruidos de la calle, apagados hasta entonces por la densidad de nuestra casa, se cuelan por los rincones y pronto hacen que el tiempo corra de nuevo.

Mi madre se levanta y me mira como si fuera un desconocido. Quiere que le diga algo que la reconforte. Que le diga, por lo menos, que tiene razón, que la entiendo y que estoy con ella. Pero estoy cansado y aquel dolor no me pertenece. Quisiera que aquello le ocurriera a alguien más, que las cosas en casa estuvieran bien y que mi madre, como siempre, se diera cuenta de que está exagerando las cosas. Así que no le hago caso. Procedo a cenar sin decir palabra. Mi madre se limpia el rostro con las palmas de las manos y luego se va hacia su cuarto. Sabe que he elegido un bando.

Ahora está sola.

Así era la vida de las mujeres que recuerdo. A muchas amigas de mamá las maltrataban sus maridos. Para algunas era esporádico: alguna humillación en público, gritos y pellizcos y nada más que eso. Otras eran golpeadas sistemáticamente. Estas últimas, que representaban una modesta minoría, eran mujeres taciturnas, y solían permanecer dentro del hogar dedicadas a la crianza de los hijos que se nutrirían de la misma educación sentimental.

De acuerdo con las estadísticas del INEGI, entre 1994 y 2000, las defunciones femeninas con presunción de homicidio en México ascendieron a poco más de mil cuatrocientos casos anuales. El número real debió ser mucho mayor, pero no todas esas muertes se reportan. La mayoría de estas mujeres fue asesinada en la vía pública; un porcentaje considerable —casi treinta por ciento— murió en sus casas en manos de sus esposos, hermanos, padres u otros familiares; pero el asesinato es el último eslabón en una larga cadena de violencia. Cuando caminaba a lo largo de mi cuadra era común escuchar alaridos que nacían de aquellas casas hacinadas. Peleas conyugales que aprendí a aceptar, ignorar y, en las charlas de sobremesa, también a parodiar. "Los trapos sucios se lavan en casa" era el mantra necesario para vivir en comunidad.

No recuerdo que hubiera nunca alguna queja formal o una visita de las autoridades para atender un caso de violencia intrafamiliar. Todo ocurría dentro de los límites de lo socialmente aceptable. Aun así, las historias de las vecinas encontraban la forma de llegar a nosotros.

Melina era enfermera. Vivía a tres casas y fue una de las pocas vecinas de la calle con las que mamá hizo amistad. Solía visitarnos una vez a la semana: usualmente se quedaba a comer, o se sentaba en la sala para platicar mientras bebía su coca de vidrio. El marido conducía un camión que bajaba madera —legal o ilegal— de la Sierra del Tigre. Lo estacionaba siempre en la banqueta de enfrente, a veces vacío, a veces lleno de troncos apilados como féretros tubulares. Me caía bien. Era un sujeto dicharachero, chistoso y alcohólico, que varias veces me ofreció cerveza a escondidas de papá. Nunca vi que le pegara a su mujer ni a sus hijos; tampoco recuerdo que haya tenido problemas con nadie.

Cierto día Melina llegó a casa hablando con voz rara. Tenía los labios hinchados y cierto tono de ronquera que la convertían en una especie de personaje de caricatura. Yo, que era un niño, no pude evitar reírme al escucharla, lo que provocó el regaño de mi madre. Melina me defendió. "A mí también me da risa, pero ni reírme puedo". Un par de días antes su marido había llegado a casa con tres amigos del aserradero. Se sentaron en la cochera y, apenas oscureció, bebieron raicilla. Era una reunión habitual, como los cientos que tuvieron en nuestro barrio, pero ese día las risas se habían prolongado más allá de la medianoche en un barrio lleno de familias que madrugaban para trabajar.

Melina salió a callarlos.

—Le dije que era un inútil, él y toda su bola de cabrones güevones; por eso no les importa no dormir.

El hombre se levantó con parsimonia y caminó hasta su mujer, que lo esperó en la puerta de la casa, temeraria. Pasó de largo sin voltear a verla, entró en la cocina y puso agua a hervir. "Poco más de media taza. Poquita para que hirviera rápido, el cabrón". Melina se quedó viéndolo, incapaz de entender sus actos. Cuando el agua estuvo caliente, el marido la sirvió en una taza y caminó, decidido, hasta su mujer. Lo que siguió fue muy rápido. Sin darle tiempo de reaccionar, la tomó de los cabellos y la jaloneó hasta ponerla de rodillas. Ella cayó al piso gritando, pidiéndole que la soltara. Entonces la tomó por la barbilla y volteó su rostro hacia arriba; cuando sus ojos se encontraron, vertió el agua caliente en la boca de Melina. Pasó en apenas un segundo, no dio tiempo de reaccionar. El marido dejó caer la taza al suelo y le cerró la boca con ambas manos, forzándola a tragar.

Cuando Melina terminó de beber, el hombre volvió con sus amigos. Siguieron la fiesta como si nada.

—¡Pero ni así se me quita lo rezongona! —gritó Melina, y empezó a reír con una carcajada limpia, como una chiquilla. Nosotros también reímos, hasta que, después de unos segundos, Melina se tomó la garganta y empezó a toser y carraspear.

Nunca le he preguntado qué pasaba por su mente mientras aquel chorro —que para ella parecía mínimo, nada más que la infantil travesura de un borracho— le quemaba los labios, la lengua y la garganta. Recuerdo su boca hinchada y su voz que siguió afectada durante varios días.

Ni siquiera fue al hospital.

A veces, cuando visito a mis padres, salgo a caminar y abro mis sentidos a lo que ocurre dentro de las casas. Ahora se escuchan menos gritos que antes, como si la rabia se hubiera asentado o ya no fuera necesaria. Tampoco ahora hay chismes de maridos golpeadores. Las mujeres de mi barrio siguen, casi todas, viviendo en el mismo hogar, viviendo la misma relación.

Rocío no tuvo esa suerte.

Una a una, las palomas murieron plácidamente a la luz de aquel jardín. Para la pareja sin hijos, aquellas vidas diminutas que se apagaban una tras la otra se llenaron de significado. Un preludio para las noticias que no tardarían en llegar. Cuando se dieron cuenta de que la última ave se había recostado en el pasto para morir, Germán fue por un bote de basura y se dispuso a echarlas una a una, pero Julieta lo detuvo.

—Deja que se duerma primero —le dijo, con un tono inconfundiblemente maternal—. Y ve por una cajita de cartón. Que no se mezclen con la mugre.

Estas palabras arrancaron las últimas notas del ave antes de morir. Una nueva voz que vino a sustituir la voz de la hermana, la cuñada, la madre ausente. Pero las palomas también sirvieron como un recordatorio. El símbolo de que la violencia nos sobrevuela como un ánima, buscando el momento para estrellarse en un rincón de nuestra vida, tan secreto y profundo que no podemos identificarlo hasta que ya es demasiado tarde.

Norte, 1999

La única mascota que tuve fue una perra llamada Sapuca. Mis padres no la querían: nuestra casa era pequeña y Sapuca demasiado grande para convivir con una familia de cuatro. Pero yo la había encontrado en la calle. O no. Ella me había encontrado a mí. Ella me había seguido desde una colonia aledaña y había movido la cola y lamido mis manos y lavado mi corazón. Así que me arriesgué a llevarla a casa, a pesar de que sabía que papá estaría molesto y, apenas al verla, me obligaría a deshacerme de ella sin importar mis ruegos o mi llanto.

Tuvimos suerte. De alguna manera, aquel encuentro fortuito convenció a papá de que "el pinche animal" —como la llamó durante los meses que pasamos juntos— sería ideal para enseñarle a su hijo de once años sobre *responsabilidad*, palabra que se iría dilatando como una letanía alrededor de nosotros. Sapuca estaría en casa mientras yo le diera de comer. Sapuca estaría en casa mientras yo limpiara sus cagadas. Sapuca estaría en casa mientras yo me hiciera responsable de que no destruyera nada o hiciera cualquier cosa que le ganara el exilio.

Y durante un tiempo estuvimos bien: por la tarde jugábamos con los niños del barrio quienes, liderados por el

Vampi —un muchacho de quince años, a quien todos veíamos ya como un adulto que salía a jugar con nosotros—, la perseguían arrojándole piedras o se dejaban perseguir por ella. Niños que le regalaban restos de comida, galletas o tortillas cuando la veían afuera de sus casas, o la miraban fascinados cuando copulaba con otros perros de la calle, que la montaban siempre en grupo hasta que uno de ellos se quedaba pegado. Entonces, los vecinitos atacaban nuevamente con palos y piedras a aquella quimera de dos cuerpos que en vano trataba de huir en direcciones opuestas.

En aquella libertad canina yo la veía ser feliz, más perro de lo que sería nunca en el pequeño patio de nuestra casa. Así que, a pesar de estos maltratos, la dejaba salir por las tardes, y la esperaba al oscurecer cuando, sin falta, regresaba a nuestro portón y lo arañaba con sus patas para volver a mi lado. Pasados unos meses, aquella rutina se vio interrumpida por lo inevitable: Sapuca terminó por embarazarse de alguno de aquellos perros callejeros y a mí no me quedó más remedio que separarme de ella.

La idea vino del Vampi. Mi padre se había ofrecido a llevarla al "rancho de un amigo" en Sayula, donde podría correr a sus anchas y perseguir ratas, culebras y cualquier otro animal que acechara el ganado. La posibilidad tenía su atractivo, pero los demás niños del barrio no tardaron en convencerme de que aquel rancho era en realidad una manera de decir que la llevarían a dormir, que papá estaba planeando matar a mi perra. Ante estas circunstancias, la sugerencia del Vampi era una bendición: el próximo fin de semana, muy temprano, la llevaríamos juntos al Cerro de la Campana y la dejaríamos ahí, en la zona de los ranchos, donde seguramente algún buen samaritano adoptaría aquel perro fiel e inteligente para sus labores agrestes.

Papá escuchó aquel plan con desencanto, pero también comprendió que, al ser mi perro, lo más lógico era que yo me encargara de su destino. Si bien mis cuidados no evitaron que Sapuca procreara otros "pinches animales", lo cierto es que había demostrado suficiente diligencia en sus cuidados. La única condición fue que me asegurara de que no volvería a casa "ni de suerte", so pena de recibir un castigo y de causar el viaje de Sapuca a aquel rancho mítico en Usmajac que me imaginaba rodeado de un aire de amenaza.

El día anterior a nuestro viaje no pude dormir. Estuve toda la noche acariciando a mi perra, que se había recostado en la cama como si presintiera que aquélla sería nuestra despedida. Sentía los pelos tiesos de la Sapuca acariciando las yemas de mis dedos, y por un instante traté de imaginármela corriendo en algún descampado, viviendo aquella felicidad que yo no podría darle. A pesar de la tristeza que me provocaba nuestra despedida, había también cierta emoción que no podía contener; estaba convencido de que aquel viaje era nuestra última aventura, y me repetía que haría todo lo posible para que fuera memorable para los dos.

Cerré los ojos y me concentré en aquella respiración profunda y canina que parecía jalarme lentamente hacia los sueños.

A lo largo de mi vida me han pasado otros tres eventos extraordinarios. Sentado en la sala de mi departamento en Guadalajara, un trozo de granizo del tamaño de una pelota de tenis hizo estallar la ventana junto a mí. El impacto me obligó a cubrirme los ojos, escuché los cristales golpeando el piso como una miríada de campanas diminutas. Entre los vidrios sobresalía aquella roca gélida que refractaba la luz de mi lámpara, dibujando un pequeño arcoíris en el piso.

Viajando en un autobús urbano vi cómo un auto arrollaba a un niño en las calles de Tlayolan. Era un chico sucio que corría entre los parabrisas cargando su botella de jabón y su trapo y su pluma; no vio el auto que venía por el carril contrario y que lo arrojó un par de metros a través del pavimento. El impacto detuvo el tráfico por completo: fue como retener la respiración, la impresión de aquel cuerpo saltarín reducido a la inmovilidad por el golpe certero del azar. "He visto morir a alguien", pensé, y me dije que mis ojos ya no serían los mismos. Pasaron unos cuantos segundos, el conductor bajó del coche tomándose la cabeza. Poco después, el chico sucio se levantó con dificultad, comprobó las raspaduras que tenía en sus piernas y en su antebrazo y salió corriendo entre los coches. Desde donde estaba, ni siquiera podría decir si lloró.

En la calle frente a mi universidad, una camioneta blanca, de vidrios polarizados, se estacionó atravesada para detener el tráfico. Cuatro hombres armados con rifles de alto calibre descendieron de la camioneta y fueron hasta uno de los coches. Bajaron a jalones a los tripulantes: dos parejas de jóvenes universitarios. Hicieron que los hombres se echaran al piso, y subieron a las muchachas a la camioneta. Mientras esto ocurría, un muchacho vestido con sudadera amarilla y pantalón de mezclilla atravesó la calle, absorto en la música que manaba de sus audífonos. Con la mirada clavada en el piso, caminó entre la escena, ante las miradas atónitas de los testigos y las risas confundidas de los hombres armados que lo vieron pasar junto a ellos como una especie de aparición. Volvieron al auto y la camioneta arrancó con un chillido agónico. El joven en cuestión entró en la universidad y se perdió de vista.

Lo de Sapuca sería diferente. Uno de esos momentos que fracturan la vida y te obligan a preguntarte en dónde estarías ahora si las cosas no hubieran sido así.

Subimos a las bicicletas y emprendimos el viaje al norte de la ciudad. Éramos sólo seis, pues varios niños de la calle no tenían *baica* y a otros no les habían dado permiso para sumarse a la aventura. No me importó; por lo menos no estaba solo. Sabía que llegado el momento de la verdad necesitaría de la fuerza de los otros para cumplir con lo que debía hacer.

El plan era sencillo: subiríamos durante unos kilómetros y la dejaríamos suelta en la brecha, lo suficientemente lejos como para que no volviera por su cuenta a la colonia y lo suficientemente cerca para que lograra volver a la ciudad en el caso de que no la recogiera nadie. Un perro como ella podría llegar a otra colonia, conquistar a otros niños y, con suerte, a un nuevo dueño más preparado para recibir sus cachorros. La esperanza de que Sapuca encontrara un nuevo hogar fue un descanso para mi corazón de once años.

Al inicio del viaje, pasamos junto a la casa de Sagrario. Hacía tiempo que permanecía vacía pues, apenas se enteraban del crimen, los inquilinos nuevos no solían quedarse mucho tiempo ahí. Por eso, todos en el barrio la seguíamos llamando así: la casa de Sagrario. El Vampi, que lideraba nuestra caravana, se detuvo unos segundos y se quedó mirando fijamente aquella casa.

—¿Y si se las dejamos aquí? Al cabo que en esta casa ha vivido pura perra —todos reímos.

Luego retomó la marcha y lo seguimos calle abajo, hacia el puente metálico que cruzaba el río de Las Peñas y que nos llevaría hasta nuestro destino.

Ocurrió entonces que la conversación entre los niños se volcó completamente hacia Sagrario. Aunque habían pasado años, era evidente que el misterio de su vida seguía despertando emociones contrariadas en las mentes juveniles de los vecinos. Hablamos sobre su cuerpo entallado en los pants y las blusas deportivas que utilizaba todas las mañanas. De las visitas esporádicas de sus novios que se quedaban la noche y se marchaban antes de la salida del sol. De las advertencias que todavía flotaban en boca de nuestras madres.

En pocas cuadras, aquella remembranza se trastocó en un derroche de fantasía sexual. Alguno aseguraba haberla visto desnuda a través de la ventana del comedor, otro decía haber pasado de noche frente a su casa para escuchar los gemidos gastados en algún galán de ocasión. El Vampi afirmó haber sostenido más de un encuentro sexual en aquella casa de cortinas amarillas; y mientras lo decía, volteaba a verme con un gesto calculado, desconcertante. Eran mentiras, por supuesto, pero en aquel momento no podía poner en duda que el Vampi fuera uno de los hombres que habían intimado con Sagrario, y esa diferencia entre nosotros me dolía, me excitaba y me obligó a mentirles a todos diciendo que yo también la había visto, sí, cuando salía con sus faldas de colores a entretejer en mi cabeza todos los deseos que cabían en mis once años.

Conforme hablaba, podía sentir mi cuerpo tensándose, mi rostro y mis manos que se calentaban con un placer iracundo que no entendía. Al mismo tiempo, sentí que cierta distancia iba naciendo entre nosotros. Como si mis palabras dibujaran un camino que me alejara de casa.

Sagrario también tuvo una perra. Una chihuahua marrón que se llamaba Muñeca y que estaba enferma de la tiroides; esto le causaba un sobrepeso bastante chusco que hacía que a todos nos cayera bien. El día que Sagrario murió, los ladridos de Muñeca atrajeron a los vecinos hacia la casa. La puerta estaba emparejada, pero nadie se atrevía a entrar por miedo a que el asesino —o uno de los asesinos— se encontrara todavía en el interior.

Fueron los hermanos Alfredo y Gerardo Guerrero quienes reunieron el valor suficiente para entrar por la perra. Recorrieron las sombras de la vivienda, alertas ante cualquier movimiento extraño. Listos para saltar sobre el peligro, o para salir corriendo. Pero listos. Muñeca ladraba desde el patio, presintiendo la muerte de su dueña. Fue su desesperación lo que les dio fuerza para atravesar la casa y sacarla de su encierro. Los testigos cuentan que, al ver a su dueña en el suelo, la perra empezó a llorar.

Siempre me he repetido que fue gracias a Muñeca que desarrollé un cariño especial por Sagrario. Y también gracias a ella nunca llegué a creer por completo aquellas aseveraciones de vecinos y familiares que la dibujaban como una mujer que no era de fiar, especie de oveja perdida en los mares de sus propios deseos. Una mujer que ama un perro no puede ser perversa, me repetía. Como si los perros fueran amuletos de amor que eligen sólo a las buenas gentes.

Por ser el más grande del grupo, el Vampi servía al mismo tiempo como nuestro protector que como nuestro verdugo más frecuente. Fue él quien nos mostró las primeras revistas porno, los calendarios de muchachas rubias, morenas, asiáticas, con cuerpos que se desbordaban en la imaginación. Nos dijo cómo debíamos masturbarnos espiando a nuestras tías o primas. Nuestras primeras impresiones del sexo las tuvimos también de sus historias, pues a sus quince años ya había tenido más de una experiencia sexual. De él se decía también que, cuando iba al rancho de su padre, penetraba a las gallinas, las chivas y otros animales agrestes. Aunque esto nunca llegamos a comprobarlo.

Llegamos al Cerro de la Campana cuando el sol ya se había colocado sobre nuestras cabezas. Algunos niños del grupo empezaban a quejarse del largo viaje; nos dolían las piernas y el sol dibujaba medias lunas en nuestras camisetas. Jadeantes, en el último tramo de la subida tuvimos que bajar de nuestras bicicletas para superar la cuesta de tierra. Uno o dos kilómetros adelante nos esperaba la zona de los ranchos, sitio donde, de acuerdo a nuestra idea original, dejaríamos a Sapuca y la alejaríamos a pedradas para asegurar que no nos siguiera de regreso. Había intentado prepararme para ese momento durante días; no obstante, al verlo tan cercano, sentía punzadas en el corazón.

La perra sospechaba nuestros planes. En aquel último tramo a pie se había mantenido cerca de mí, buscando estar siempre al alcance de mi mano, mirándome con aquellos ojos que parecían dos cristales quebrados. Aquello fue minando mi voluntad paso a paso, al grado de que, cuando alcanzamos la larga cerca de alambre que dividía el camino, estaba convencido de que no sería capaz de separarme de ella. No podría. Mi angustia creció cuando recordé a mi padre, su sólida advertencia de lo que pasaría si volvíamos los dos a casa.

Aún en este momento, tuve la esperanza de que, en el caso de que mi voluntad flaqueara, los demás niños me ayudarían a dejarla lejos, mucho más allá de donde alcanzaba mi vista. O, en el mejor de los casos, que serían mis cómplices para devolverla al barrio, en donde permanecería escondida debajo del puente metálico o en alguna de las casas vecinas, o en la casa de Sagrario, a donde iríamos a alimentarla a escondidas durante meses, hasta que se confundiera con el paisaje cotidiano.

El Vampi bajó de su bicicleta y se quedó viendo fijamente uno de los postes de concreto. En su mirada pude notar cierta premeditación, como si estuviera divisando un nuevo y emocionante escenario.

—Esto no está bien —dijo, y volteó hacia donde estaba yo—. Esto son chingaderas.

Decidido, caminó hacia mí y, de un manazo, me arrebató la correa de la perra.

Mi padre me contó la historia de un perro abandonado. Ocurrió cuando él era niño; una pareja decidió irse de Tlayolan para buscar suerte en Mexicali. Aquel lugar, como toda ciudad fronteriza, contenía la esperanza de que estirar la mano era suficiente para tantear los sueños. Tenían todo preparado para su viaje, pero había dos inconvenientes: un viejo *french poodle* que era la mascota de la familia, y Martín, su hijo de tres años.

Vivían en una colonia del sur, aunque quizás no sea correcto llamar colonia a un puñado de casas esparcidas aquí y allá en las faldas del cerro. Los padres del hombre habían muerto hacía años. La madre de ella, que no aprobaba la relación, veía en aquel viaje una forma de escapar a las responsabilidades paternas, así que se negó a mantenerlos —al nieto o al perro— mientras se establecían en el norte y juntaban el suficiente dinero para mandar —nunca dijeron "volver"— por ellos. Esta negativa fracturó su relación y, durante un tiempo, dejaron de hablarse. La pareja discutió por semanas la posibilidad de llevarlos, pero era impensable: les esperaba una vida de dificultades y soledad, pues no tenían parientes o amigos en Mexicali. En el fondo, también, aquel niño se había convertido poco a poco en un lastre, la arropea que los mantenía ligados a una vida y a un pueblo que necesitaban abandonar.

No se sabe de quién fue la idea, pero se sabe que fue ella, la madre, quien escribió la nota. Se fueron de su casa un viernes cerca de medianoche, para evitar las miradas curiosas de sus pocos vecinos y, sobre todo, para evitar que la abuela de Martín estuviera despierta. Al niño le dejaron una cajita de cereal y leche para que desayunara. Al perro lo encerraron en el patio, sólo le dejaron agua y un plato con caldo de tortillas. Luego fueron hasta la casa de la abuela y deslizaron una nota por debajo de la puerta. "Mamá, nos fuimos a Mexicali. Martín se quedó dormido. Por favor, ve por él". No se supo más de ellos.

La vida de Martín, en cambio, ha resonado en el pueblo desde entonces. La abuela no estaba en casa. Ese fin de semana se había ido a Cihuatlán a visitar a su otro hijo, quien era dueño de un negocio de mariscos en la playa de Cuastecomate. Pasó una semana allá. Cuando volvió a su casa y vio la nota, sintió que las palabras desmenuzaban su corazón. El papel no tenía fecha, pero el polvo acumulado en la superficie le dejaba claro que no tenía tiempo que perder. Tomó las llaves de la casa de su hija y corrió al último rincón de Tlayolan.

Cuando abrió la puerta, escuchar los débiles gemidos del *french poodle* le dio esperanzas. Pero esto duraría muy poco. A unos pasos de la puerta la mujer encontró la respuesta a sus plegarias. El niño había muerto de inanición. Su deceso era reciente, pues el cuerpo ni siquiera había empezado a heder. El sillón en que lo encontraron tenía pequeñas rasgaduras en la tapicería, que el niño había mordido cuando el hambre fue insoportable. Un par de dientes de leche se quedaron atorados en el asiento roído: su tono blanquísimo resaltaba entre pequeñas manchitas de sangre seca que manchaban el sillón, las ropas y la boca del pequeño Martín.

Junto al cadáver yacían trozos de cartón, los últimos vestigios de la caja mordisqueada de cereal. El perro le sobrevivió ocho años.

Nos dijo que teníamos que castigarla. Nos dijo también que era nuestra obligación. Que eso sería lo correcto.

—Esto le pasó por puta. Si no hubiera cogido con tantos perros podría vivir contigo, ¿o no?

Quise protestar, pero no pude. Aunque no podía estar de acuerdo con lo que decía, tampoco me pareció un disparate. Tenía que admitir que guardaba cierto resentimiento contra mi perra por ponernos en esa situación, por forzar nuestra separación prematura cuando yo había construido tantos sueños juntos. Al mismo tiempo, no pude evitar pensar en Sagrario, en todo lo que me habría pasado con ella si no hubiera decidido que la vida era irse de fiesta aquí y allá con otros hombres. ¿Por qué eran tan egoístas? ¿Por qué habían actuado sin preguntarse lo que sus decisiones provocarían en los otros, en mí? Ahora veía aquella revancha retrasada, y no dejaba de decirme que la Sapuca se había buscado lo que fuera que el Vampi tenía planeado para ella.

En silencio vimos cómo tomaba la correa y la pasaba alrededor de un poste de concreto. Le dio un par de vueltas y luego hizo un nudo que apretó con fuerza. La Sapuca quedó tan pegada al poste que tenía que moverse con cuidado para no lastimarse con el alambre de púas. Aún movía la cola lentamente, mirando de un lado a otro como si tratara de entender lo que estaba pasando. Tampoco nosotros lo entendíamos del todo, aunque adivinábamos que algo terrible y extraordinario tomaba forma frente a nosotros.

El Vampi recogió piedras de la carretera. No eran piedras tan grandes, le cabían varias en la palma de la mano. No obstante, eran lo suficientemente grandes para hacer daño. Sentí que mis hombros se tensaban.

—Órale, cabrones, el que no le tire me lo chingo —dijo, y todos sabíamos que no bromeaba.

En un instante, los niños dejaron caer sus bicicletas y limpiaron el ancho de la brecha. Luego formaron una medialuna en cuyo centro se encontraba Sapuca, todavía moviendo la cola como si fuera parte de algún juego que no lograba entender. La preparación duró apenas un instante. El Vampi se colocó detrás de todos, el sol vertical llenaba su rostro de sombras. Alzó el brazo y, al grito de "fuego", convocó la lluvia de piedras que volaron certeras hasta la Sapuca.

Madurar no es más que ser conscientes de nuestras cicatrices. El tiempo es la cicatriz más grande. Me he preguntado muchas veces si pude hacer algo más, rogarle a mi padre, prometer nuevas cosas y adquirir nuevos compromisos con tal de que me permitiera conservar a mi perra. Pero el silencio es la única respuesta del pasado, el silencio y una granizada de piedras que me clavaron en mi lugar, incapaz siquiera de gritarles a aquellos niños, mis amigos, que se detuvieran. En vano, mi perra jaloneaba la correa, intentaba saltar de un lado a otro, tanto como le era posible. Su cuerpo se rasguñaba en el alambre y no tardó en llenarse de pequeñas heridas que marcaban líneas de sangre a través de su pelaje dorado.

—¡Tú también tírale, puto! ¡Tírale o te rompo tu madre! —me gritaba el Vampi, pero sólo fui capaz de agacharme y recoger un par de guijarros, mucho más grandes que los demás porque los niños habían acabado con las piedras pequeñas.

No sé cuánto tiempo pasamos en aquel fusilamiento. Eventualmente, Sapuca dejó de moverse y se encogió lo más que pudo, pegándose a aquel poste que la lastimaba. Agotados los proyectiles, los niños se quedaron quietos y jadeantes, saboreando la emoción nueva que la sangre y el llanto de aquella perra acababan de despertar. Un silencio sagrado nos envolvía y me pareció que ninguno de nosotros se atrevería a romperlo, pero el hechizo se cuarteó cuando vimos que el Vampi avanzaba hacia Sapuca mientras desabrochaba su pantalón y dejaba salir su pene erecto.

—Ahorita vas a ver, puta Sagui —dijo.

Todos lo volteamos a ver. Uno de los niños rio, luego lo seguimos los demás. El Vampi se bajó los pantalones y dejó al descubierto sus nalgas morenas. Tomó la correa de la Sapuca y la obligó a levantarse. Alguien gritó algo que no pude entender. Yo quería hacer algo, evitar que el cabrón del Vampi violara a mi perra. Pero sólo sentía rabia. Fue como si mi cabeza se llenara de avispas. Sentí el peso de las piedras en mis manos temblorosas, el sudor que bajaba hasta mi camisa empapada. Di un par de pasos hacia ellos, mi garganta ardía mientras veía al Vampi batallando con su propio deseo.

—¡No te muevas, hija de tu puta madre! —dijo, mientras la jalaba hacia sí.

Pensé en Sagrario. Me la imaginé recostada en su cama, bocabajo, bocarriba, a cuatro patas, dejándose penetrar por el Vampi o por una miríada de hombres como él. Pensé en sus ojos que eran claros y llenos de verdad, y se clavaban en mí con su brillo insoportable. Mordí mis labios hasta que sentí el sabor de la sangre. Alcé la mano y, todavía pensando en ella, arrojé una de las piedras que golpeó certera la cabeza de Sapuca. Mi perra cayó con un gemido, y se quedó ahí, inmóvil. El Vampi trató de dar un paso atrás pero el pantalón se atoró en sus rodillas y lo hizo caer de nalgas.

Yo ya no lo veía; en cambio, alcé la otra mano y dejé caer la otra piedra que impactó el ojo derecho de Sapuca. Y cuando me quedé sin piedras me agaché para recoger las más grandes y seguir golpeando, cegado por un impulso justiciero que me obligó a continuar incluso cuando la sangre que manaba del hocico y de los ojos de la perra formaba pequeños hilos que corrían hasta mis pies. Finalmente, con gran dificultad recogí una gran roca que estaba junto al poste. Como pude, la alcé por encima de mi cabeza y, mirando fijamente el rostro ya sin vida de mi Sapuca, la dejé caer sobre ella. El sonido fue como el de un cántaro que se rompe.

—No mames, pendejo —la voz del Vampi me llegó como desde un sueño. Se estaba acomodando el pantalón. Se veía asustado, con una mueca que revelaba su voluntad aún infantil—. ¿Por qué la mataste?

Y empezó a reír. Era la misma risa descompuesta que pronto imitaron los demás niños. Y yo reí porque no había otra forma de llorar en ese momento.

Uno de los niños me habló desde la brecha. Al voltear, noté que todos estaban ya montados en sus bicicletas. El Vampi me dio una palmada en el hombro y fue a reunirse con los demás. Me quedé viendo lo que quedaba de mi perra unos segundos y tuve la impresión de que algo muy parecido a la justicia había tomado forma en mis manos.

Intenté pasar saliva sin éxito.

No volví a juntarme con los niños del barrio. Ya no los busqué más, y tengo la impresión de que, aunque los hubiera buscado, ellos habrían encontrado la forma de evitarme. Me repito, aun después de tantos años, que fue mejor así.

El Vampi murió hace poco más de diez años. Leucemia. Su muerte no fue rápida ni pacífica, y debo decir que, aunque no anhelé nunca su sufrimiento, tampoco fue una sorpresa para mí. No fui al sepelio.

Un par de días después de su muerte, tuve este sueño: soñé que un grupo de perros nos perseguía a través de una brecha polvorienta y lograba acorralarnos contra un alambre de púas. Convencido de que moriría en sus fauces, vi con alivio que los perros me ignoraban y procedían a morder a mi amigo: sus fauces afiladas arrancaban trozos sangrantes de su carne. Más que dolor, la mirada del Vampi estaba llena de odio mientras me gritaba.

—¡Tírales, puto! ¡Tírales o te rompo tu madre!

Sur, 2005

Nos dijeron que mi tío podía morirse en cualquier momento. A pesar de que sus signos vitales estaban estables, el daño a sus órganos —estómago, hígado, intestinos— era severo y podía provocar un colapso eventualmente. No nos quedaba más que esperar lo mejor, aceptar el revoloteo de la muerte que circulaba alrededor de nosotros.

Por cuestiones de trabajo, mis tíos y tías regresaron a Tlayolan, sólo mi abuelo y su mujer se quedaron para cuidarlo durante el día y papá y yo tomamos turnos para estar con él por las noches. Recuerdo que salíamos de madrugada del hospital para viajar de regreso hasta Tlayolan. La mañana nos alcanzaba atravesando la laguna seca de Sayula: el sol se vertía sobre el paisaje desértico como en una película del Viejo Oeste. Al atardecer, poco después de las seis, terminaba nuestra jornada laboral y tomábamos nuevamente la carretera de regreso al hospital.

Durante nuestros viajes ciertamente teníamos mucho tiempo para conversar, pero no puedo recordar ahora de qué hablábamos. O si hablábamos, en todo caso. En cambio, tengo la impresión de que en aquellos trayectos aprendimos a mascullar nuestro silencio. A darle forma a un rencor que habíamos descubierto en todas las gentes y en todas las cosas.

En la habitación había otros dos muchachos, primos hermanos que habían sufrido un accidente carretero. El de la derecha se llamaba Mario, tenía treinta años y se había fracturado ambas piernas. Terminarían por amputarle la derecha hasta arriba de la rodilla. El de la izquierda, Agustín, era el conductor y tenía veintitrés y se había roto la cadera. Él se recuperaría por completo.

Dado que sólo lo cuidé un par de noches, lo encontré bajo los efectos de la sedación o en proceso de descansar; mis escasos intercambios con él se limitaron a hablar de lo mismo que hablábamos siempre. Me pedía que le contara cómo iban las Chivas, qué había sido de mi novia la bonita o qué estaba leyendo en ese momento. Yo hacía un esfuerzo enorme por comprender sus balbuceos —el disparo afectó su capacidad de habla— y muchas veces tenía que descifrar lo que intentaba decir. No obstante, tenerlo despierto conmigo me dio la poca tranquilidad que encontré en aquel fin de semana. Una sola vez hablamos del hombre que le disparó, pero incluso entonces no me quiso revelar lo que había pasado, y yo —por prudencia o miedo— tampoco hice mucho por preguntarle.

El sonido del monitor de signos vitales producía una sensación hipnótica. Sentía aquel pitido mecánico pegándose en mi conciencia, rumiándome desde adentro. El cuarto tan pequeño fortalecía la sensación de calor que era, de por sí, insoportable. Aunado a esto, las miradas toscas de las enfermeras —que hablaban de mi tío como "el baleado"— me provocaban un mal humor que no me dejaba libre en ningún momento de la visita de rutina. Veía su cuerpo hinchado, oscurecido por los moretes, cubierto por los vendajes y conectado al suero o al oxígeno, y sentía como si un insecto devorara mordisco a mordisco mi corazón. Quería venganza. Quería encontrar a quien le había hecho eso y llevarlo a prisión. O hacerle el mismo daño. O matarlo.

La actitud de mi tío estaba lejos de la mía. Mientras estuvo despierto siempre intentó estar alegre, bromista, como si hubiera enfermado de cualquier otra cosa y su estancia en el hospital fuera una jugarreta. Sólo mi padre había hablado con él con respecto al "incidente", y estoy seguro de que mi tío Antonio lo hizo más para aliviar la preocupación de sus hermanos que por un deseo personal de justicia. O retribución. O venganza. En aquellos encuentros le contó la historia del hombre que le disparó, de quien, por desgracia, sabía muy poco. Sabía, por ejemplo, que se llamaba Jorge Martínez, que su familia era de Pihuamo y que tenía una hija pequeña, pues la primera vez que se encontraron el hombre iba con ella. En aquel encuentro fatal Jorge intentó venderle un coche pues, según le informó, su hija requería medicamentos muy caros para un mal congénito. Mi tío no recordaba cuál.

Esto último, además de apelar a la compasión, era motivo convincente para el precio tan bajo de un coche seminuevo. Y fue también la razón por la cual mi tío lo acompañó hasta Pihuamo para obtener los papeles del carro, que el hombre había dejado en la casa familiar. Fue durante este trayecto cuando Jorge Martínez se orilló en la carretera, le disparó en varias ocasiones y lo abandonó en una brecha a casi dos kilómetros de la carretera federal, donde lo encontraron. Mi tío no recordaba detalles de los sitios que habían visitado, no recordó tampoco que tuvo que arrastrarse casi dos kilómetros de terracería para llegar al asfalto y pedir ayuda. Pero conservaba un par de datos muy valiosos: el modelo del auto —un Monza—, el color —verde esmeralda— y, para nuestra fortuna, había anotado el número de placas, que debía estar en alguna de sus chamarras, o en los cajones de su cuarto. No lo sabía de cierto. De acuerdo con mi padre, incluso cuando le habló de las placas y la posibilidad de rastrear a su agresor se volvió más tangible, mi tío resaltó que no había necesidad de que hiciéramos nada para perseguirlo: estaba vivo. ¿Qué más podía pedir?

Nunca logré entender su resistencia a dejarse llevar por la ira, lo que me parecía lo más natural dado el dolor que sentía y lo mantenía gimiendo incluso entre sueños. Igual de incomprensible me pareció la decisión de papá de no comprometerse con nuestro problema. Durante los días que duró la estancia de mi tío en el hospital, lo vi atender su ronda con una serenidad desesperante. Parecía un funcionario que se dirige todas las noches a un encuentro burocrático y no alguien que visita a su hermano malherido. Esta actitud produjo varios desencuentros en los que yo demandaba que hiciéramos algo con la información que habíamos obtenido de mi tío, insistencia que provocó que dejara de compartirme sus conversaciones.

Tuve que recurrir a mis tías, a las enfermeras e incluso a mi propia madre para conocer el avance de las investigaciones. Cada vez que le sugería que "tomáramos cartas en el asunto" me miraba como se mira a un niño rencoroso, y ni siquiera se tomaba la molestia de responder. Me vi obligado a mascullar solo la frustración de un proceso judicial que, como era de esperarse, avanzaba lentamente, sin un rumbo claro, sin una esperanza concreta. Volvíamos cada mañana a la misma escena: papá se sentaba en la sala de nuestra casa, se llevaba las manos a las sienes, suspiraba.

—Primeramente Dios, las cosas van a estar bien —repetía con el tono de quien sabe que está mintiendo.

Afortunadamente aquel vaivén de casa al hospital habría de terminar pronto pues, de acuerdo a la instrucción de los médicos, el lunes mi tío podría regresar a Tlayolan, apenas hubiera una ambulancia disponible. Este anuncio nos brindó un entusiasmo momentáneo que sirvió para entumecer la tensión que había en casa. De alguna manera, entendíamos que aquella pesadilla habría de terminar pronto. Sería difícil, pero mi tío volvería con nosotros y, luego de unos meses de rehabilitación, nuestra vida familiar volvería a la normalidad. Y de verdad lo creímos así, con tanta devoción que hicimos planes para su regreso, distribuimos responsabilidades, preparamos las bromas y el festejo para su regreso. Porque eso hace la angustia, te fuerza a inventarte futuros mejores.

Dos meses antes de que mi hermano terminara la preparatoria, unos muchachos de su salón lo golpearon después de clases hasta dejarlo inconsciente. Se conocían desde los primeros semestres, pero durante los meses anteriores habían desarrollado cierta animosidad contra él que detonó en aquella golpiza. Una vez que vieron que no respondía, tomaron sus mochilas y salieron de la escuela con normalidad. Fue uno de los conserjes quien dio aviso a los profesores.

Yo fui el primero en llegar al hospital. Había empezado mi trabajo como reportero para el *Diario de Tlayolan* y acostumbraba a cargar conmigo un celular —el primero que tuve, un cacahuate que siempre tenía una carita sonriente en su pantalla de 8 bits—; fui el único que respondió la llamada de las autoridades académicas. Apenas recibí la notificación, corrí a la sala de urgencias donde encontré a mi hermano tendido, apenas consciente. Tenía una fractura en el cráneo, dos costillas fisuradas, moretones en brazos y piernas que le durarían varias semanas, y dos dientes rotos. En la sala de urgencias estaba uno de sus profesores, Felipe, quien llevaba la encomienda de estar con él hasta que llegaran sus familiares. Era un tipo bajo, gordinflón, que me miró con vergüenza y miedo, pero también con el alivio de quien sabe que se ha librado de un gran problema. Apenas si me explicó la situación.

—Tu hermano es muy llevadito, Hiram, quién sabe qué les habrá dicho —me dijo poco antes de dejarme solo.

La mayor parte de sus heridas coincidían con una pelea "normal" a golpes y patadas, pero la fractura del cráneo la provocó un objeto contundente. Lo sabríamos después: envalentonados por la ira, los muchachos tomaron una de las butacas metálicas y lo golpearon con ella hasta descalabrarlo. Quizás la imagen de la sangre los espantó y eso fue lo que salvó la vida de mi hermano. Tardarían algunas semanas en darlo de alta; por lo demás, era cuestión de monitorearlo para determinar si habría algún tipo de secuela neurológica.

Después de hablar con los doctores, llamé a mi padre y traté de explicarle lo que había ocurrido. No pude. Hasta cierto punto, me costaba creer que una pelea dentro de una escuela pudiera escalar a tanto. Yo, que estudié en la misma institución, había presenciado algunas peleas entre estudiantes durante mis tiempos preparatorianos, pero no llegaban más allá de bocas reventadas, ojos morados o narices rotas, en el peor de los casos. Lo de mi hermano era algo diferente. La saña, incomprensible. Mientras le contaba, sentía mi sangre calentándose, y cierta sensación malsana que ardía en mi estómago. Papá llegó al hospital minutos después de la llamada y me pidió que no le contara nada a mi madre, no todavía.

Cuando Julio despertó, papá pidió quedarse a solas con él. Durante casi media hora me senté en la sala de espera, la misma en la que años antes habíamos esperado las noticias de mi tío.

Pasado un rato, papá salió para hablar conmigo.

—Fue el hijo de Martín, ¿lo conoces? —me dijo y yo negué con la cabeza. Él se quedó mirando al vacío, navegando en sus propias palabras. Sus manos temblaban como si quisieran aferrar algo o a alguien invisible—. El pendejo del Fernando. Me dijo tu hermano.

Me quedé callado. Pronto, la imagen de aquellos atacantes anónimos tomó una forma y un rostro y un nombre: Fernando, el hijo de Martín Padilla. Nuestro vecino. Por alguna razón, antes de pensar en ellos me puse a pensar en Norma, la hija mayor de los Padilla, quien estudiaba en la misma universidad que yo. No tardó en aparecer también el rostro de Fernando, sonriendo con una inocencia dolorosa.

Mordí mis labios con fuerza. Sentí que mi cabeza se llenó de agujas. Mi padre me puso una mano en el hombro.

—No te preocupes, mijo. Primeramente Dios, las cosas van a estar bien.

El domingo por la tarde volvimos a Tlayolan y buscamos durante más de tres horas el papel con las placas del Monza verde. Desde que entré al cuarto, me sorprendió darme cuenta de que no había cambiado casi nada desde las lejanas visitas de mi niñez: en uno de los muros se alzaba un cuadro que mostraba al monje de *Stairway to Heaven*, que mi tío había pintado a mano hacía casi quince años. El techo estaba tapizado con posters de diversos tamaños, recortados de una miríada de revistas musicales que había coleccionado desde su juventud: además de Led Zeppelin, había imágenes de Van Halen, Pink Floyd, Kiss, Black Sabbath, Saxon, Axe, y varias decenas de bandas más. Aquélla era la misma música de mi padre; en cierta forma, aquella visita y aquella búsqueda desesperada eran también una forma de conocerlo a él.

Durante más de cuatro horas, mi hermano y yo revolvimos los cajones, sacamos la ropa sucia, revisamos en todos los bolsillos de las chamarras y los pantalones de mi tío sin éxito. Más que una aguja en un pajar, estábamos literalmente buscando un papelito hecho bolas en aquel muladar de roquero treintón que era el cuarto de mi tío. Revolvimos envolturas de papitas, paquetes de condones abiertos y quién sabe cuánto más de aquella basura que constituía el ecosistema emocional de su habitación. Cuando cayó la noche estuve a punto de rendirme, pero al decirle a mi hermano que lo mejor era irnos y buscar al día siguiente, su expresión logró devolverme las energías.

Estaba tirada junto a montones de ropa sucia. Era una nota de compra de una tienda de refacciones común, tan común que al principio dudamos de que se tratara de la misma nota que estábamos buscando. No obstante, al observarla de cerca vimos que tenía escrito en la parte de atrás el número de una placa de Colima y un nombre que se marcaría en la familia como una cicatriz: Jorge Martínez. Fue como si encontráramos un tesoro. La vimos un par de veces para asegurarnos y, todavía al salir de la casa de mi abuelo, llamamos a mi padre para ver si el nombre coincidía.

Por desgracia, si bien para nosotros aquel hallazgo debía traducirse prácticamente en la captura y condena del victimario, nuestro entusiasmo se vio menguado por mi padre, pues apenas le entregamos la pista victoriosa no tardó en explicarnos que seguiría un largo proceso judicial. Resignados, no tuvimos otra opción que permanecer en casa esperando noticias de la recuperación de mi tío. Noticias que, por cierto, no llegarían aquel domingo: se mantenía estable, sedado la mayor parte del tiempo, con escasos momentos de lucidez que aprovechaba siempre para hablar sobre cualquier nimiedad.

Mi padre seguiría cooperando con las autoridades. Ahora entiendo que, a su manera, fue quien más trabajó para resolver el asunto. Era él quien respondía las llamadas incómodas de amigos y familiares, y el que estaba al tanto de las necesidades de mi tío en el hospital. Era su responsabilidad, decía, como el primogénito de la familia. A tres días del incidente, tener el nombre del responsable, así como un mínimo de pistas que podrían conducir a su paradero, era sin duda una gran victoria para nosotros. Una especie de descanso para toda la incertidumbre que nos había sacudido en días anteriores.

A pesar de esto, yo no estaba convencido de que estuviéramos haciendo todo lo necesario. Lo que es más, seguía molesto por delegar una responsabilidad familiar a la búsqueda fría y burocrática del Ministerio Público. Aquel fin de semana le insistí muchas veces a papá para que siguiéramos las pistas por nuestra cuenta, para encontrar algún rescoldo de la justicia que nos quedaba. Mi hermano secundó muchas veces mi propuesta, y de buena gana me hubiera acompañado a hacer las pesquisas personalmente. Pero mi padre mantuvo su postura estoicamente. ¿Qué iban a poder conseguir dos muchachos que no sabían ni cuidarse solos?

La tensión creció al mismo tiempo que la salud de mi tío menguaba. Al amanecer del lunes, su presión arterial descendió tanto que todos creímos que moriría entonces. A este susto siguió un periodo de inconsciencia de casi siete horas, luego de las cuales mi tío despertó a medias y, en cierta forma, preparado ya para lo inevitable. Según nos informó mi abuelo, había pedido que pasáramos uno por uno para platicar con él. Fue después de este aviso que exigí a papá que buscáramos nosotros dos solos a Jorge Martínez. Estaba seguro de que lo encontraríamos si tan sólo lo intentábamos, aunque no tuviéramos ninguna pista más allá de su nombre y de un número de placas que mi tío quizás había anotado mal, distraído como era, confiado como era, ingenuo e inocente o de plano pendejo como era por haberse dejado conducir por las carreteras del sur por un desconocido.

Por primera vez tuve la impresión de que mi padre me escuchaba. Cuando terminé de hablar, me dio una palmada en el hombro y se acercó a mí, como si quisiera decirme un secreto.

—Ayer me dieron otra pista —me dijo—. El viernes, este cabrón mató al moflero de la Constituyentes.

Martín Padilla era profesor de matemáticas. Había sido compañero de papá en la secundaria. Aunque no eran grandes amigos, guardaban una relación cordial que se había visto fortalecida cuando los dos decidieron mudarse al barrio de Las Peñas a principios de los noventa. Al igual que mi padre, Martín se había casado en 1987 y tenía dos hijos: Norma, que era un año menor que yo, y Fernando, de la edad de mi hermano. Yo recordaba a Norma como una niña seria, bonita, que se reunía a jugar con los niños de la calle hasta que, entrando a la secundaria, su cuerpo y sus preocupaciones cambiaron y ya no volvimos a hablarnos. De Fernando sabía muy poco, sólo lo había visto en las tardes en las que los niños del barrio se reunían a jugar futbol, y siempre me había parecido un engreído. A esta opinión nada positiva se sumó un nuevo adjetivo que estuvo revoloteando en mi conciencia durante varios años: Fernando era peligroso.

El ataque contra mi hermano fue la consagración de su capacidad de hacer daño a la primera provocación: aunque Julio nunca nos contó con claridad lo que había pasado, supe por las conversaciones de algunos de sus compañeros de clase que el conflicto había empezado porque mi hermano se había sentado en la butaca de Fernando en el salón. El motivo que nos acerca a nuestra propia mortalidad puede ser así de simple: sentarnos en el lugar incorrecto. Fernando le pidió con brusquedad que se quitara, pero Julio le dijo que no, que la butaca no tenía dueño. Y era cierto. Afrentado ante sus amigos, Fernando no *tuvo otra opción* que demostrarle a mi hermano que él no estaba para esos juegos. Y con mano justiciera se acercó a la espalda de su oponente e inició su ataque.

Llegamos a la casa de Martín Padilla cuando anochecía. Aunque papá me dijo que prefería ir solo, me sentía igualmente responsable por lo que le había pasado a mi hermano, y sentí con firmeza que aquel encuentro demandaba mi presencia ahí. Además, en el caso de que hubiera algún tipo de problema, era mejor que no encontrara a mi padre completamente solo. Después de todo, quién sabía de qué era capaz aquella familia. Recuerdo que la hora me pareció extraña, pues papá siempre nos decía que la mejor hora para visitar a alguien era justo después de la comida, para no importunar. En esta ocasión, sin embargo, parecía haber planeado el encuentro para que ocurriera en los territorios de la oscuridad.

Martín nos esperaba en la puerta de su casa. Cuando nos vio acercarnos, encendió la luz de la calle y por un instante sentí que éramos un par de maleantes y nos había atrapado *in fraganti*. Saludó cortésmente; no se sorprendió de vernos a los dos juntos. Con una voz que pretendía ser jovial nos invitó a pasar a la sala para discutir "todo lo que quisiéramos hablar". Fernando no estaba en casa, tampoco Norma o su madre.

A pesar de que la base de nuestras casas era la misma, era evidente que los Padilla habían aprovechado el tiempo para ampliar su patrimonio. La sala se prolongaba desde la ventana que daba a la calle y concluía en una pared cubierta por un gran televisor de pantalla plana. Los sillones de piel exhibían un tono marrón, y despedían un aroma rupestre que por un momento logró relajarme. De fondo, la radio ronroneaba alguna canción de moda que me llevó a tamborilear mis dedos en el pantalón.

Nos sentamos en la sala. Papá se quedó junto a mí, del lado del pasillo que conducía a la calle. Martín, frente a nosotros, se recargó en el sillón y se cruzó de brazos.

—Ustedes disculparán que no tenga mucho que darles, estos canijos se fueron a cenar y me dejaron aquí solo a pagar los platos rotos.

Dijo y sonrió por un momento, pero el rostro ensombrecido de mi padre lo obligó a ponerse serio. Nos ofreció algo de beber. Yo pedí un vaso de agua y papá negó con un simple movimiento de sus manos. El hombre desapareció unos segundos de la sala y volvió con una jarra y un vaso para cada uno. Era agua fresca de jamaica; el tono escarlata del vaso hizo que una cuerda dentro de mí vibrara.

Por unos minutos, los dos hablaron de su pasado juntos, de sus trabajos, de los problemas cotidianos en el barrio. La conversación era jovial, al grado de que en cierto punto logré distraerme del verdadero motivo de nuestra visita. Martín me parecía un hombre refinado, de carácter más bien tranquilo. Por otro lado, esa tranquilidad me resultaba perturbadora, como si midiera cada uno de nuestros movimientos, tratando de comprender qué buscábamos exactamente.

Cuando la conversación no pudo desviarse más, fue Martín el que entró de lleno en el tema.

—Así que nuestros muchachos se pelearon, vecino… —en su voz no había rastro de ironía, más bien tenía el tono diplomático de un vendedor, o de un burócrata—. Pinches chamacos, y uno pensando que los manda a estudiar —papá dejó caer en él todo el peso de su mirada. Exhaló.

—No, Martín, te dijeron mal. No se pelearon: a mi hijo lo bolearon. Le saltaron tres cabrones y le pegaron hasta mandarlo al hospital —su voz metálica se esparció rápidamente por la sala—. Se va a quedar ahí todo el mes. Los golpes en los brazos y en las piernas están sanando bien. Las costillas tomarán más tiempo, pero también van a sanar. Incluso la fractura en el cráneo, eventualmente, va a curarse… —se detuvo un minuto. Pensé en mi hermano, que en esos momentos descansaba al abrigo de mi madre—. Pero lo peor es no poder explicarle, Martín, no saber decirle por qué pasó todo esto. ¿Qué hizo que tres compañeros de su prepa se lo chingaran así? —la voz de mi padre se detuvo como si hubiera tropezado.

Durante casi un minuto, Martín no dijo nada. Luego se inclinó hacia el frente, recargó las manos en sus piernas y las talló un par de veces de adelante hacia atrás. Con una lentitud ensayada. "Ay, cabrón", musitó. Después miró atentamente el rostro de mi padre, casi sin parpadear.

—Sé que tu hijo ya volvió a la escuela, vecino —continuó papá—. Lo sé porque me lo dijeron otros padres. Que lo castigaron dos días y ya de vuelta a clases. Como si nada hubiera pasado. Cuando me enteré pensé que era normal, que los problemas de muchachos no deberían crecer, que quizás es mejor así… pero luego veo a mi hijo. Todos los días lo veo, y no me parece justo. No es justo que mi hijo deje de ir a la escuela porque tu hijo y sus amigos lo madrearon. No es justo que mi hijo esté canalizado y tu hijo ande quién sabe dónde ahorita, quizás contándoles a sus amigos que mandó al pendejo de Julio Ruvalcaba al hospital...

Papá se restregó las manos y después las apretó con fuerza. Eran las mismas manos de siempre: grandes, gruesas, fortalecidas por tantos años de cargar motores, bielas y cabezas. Y, sin embargo, me parecieron inexplicablemente empequeñecidas. Noté un ligero temblor en sus dedos que parecía resonar con los míos. Coloqué una mano en su espalda; no me volteó a ver. Durante los siguientes minutos, el silencio se cuajó frente a nosotros como la leche agria. Martín movió la cabeza de un lado a otro. Exasperado. Era claro que estaba luchando con el hastío de ser amable con nosotros, a quienes veía como intrusos en la tranquilidad de su casa.

Algo en su actitud había cambiado. Su mirada dejó de ser afable y, en cambio, nos laceró con cierto filo inquisidor.

—Mira, vecino, vamos al grano. ¿Cuánto me va a costar que dejemos todo esto atrás? —dijo y talló sus manos frente a sí como si las lavara.

Papá no respondió de inmediato. Se reclinó ligeramente hacia atrás y abrió su boca para decir algo, pero se quedó callado. La pregunta lo había tomado desprevenido. Sus manos, que descansaban recargadas encima de sus piernas, se abrían y cerraban con fuerza. Su respiración se agitó.

—Pues si no quieres feria, me estás haciendo perder mi tiempo. ¿O quieres que me disculpe contigo? ¡Pero claro que no! Son muchachos, y cuando uno está muchacho uno hace puras pendejadas. Nosotros también las hicimos, vecino, ¿o no te acuerdas?

Mi padre siguió mudo. Sus ojos muy abiertos, como si trataran de grabar aquella escena para siempre.

—Fernando… pues sí, es especial. Y sí, se le pasó la mano. Pero, por lo que me contó, tu hijo es muy llevado. Algo le debe de haber hecho, porque mi Fernando no haría algo así nomás por nomás. Nombre, si mi Fer es bien tranquilo. ¡Ah, pero eso sí! Cuando lo buscan lo encuentran —nos miró fijamente y carraspeó, como si fuéramos dos niños imprudentes a punto de recibir una lección de vida—. ¿Ya hablaste con tu hijo? Yo creo que te hace falta. Es mejor que arregles lo que tienes en casa antes de venir a la mía a reclamarme o a decirme qué hacer con mis hijos. Además, tienes otro hijo, vecino. ¿Para qué te buscas más problemas?

Sus palabras se alzaron como avispas, mientras yo me debatía entre la incredulidad y el asco. Mi padre intentó decir algo más, pero finalmente se contuvo. Sentado a su lado, noté que su respiración se agitaba y las venas se trazaban en su cuello como si se encajaran. Estaba preparándome para saltar sobre aquel hombre, quería lastimarlo, arrojarme sobre él y hacerle saber que a nosotros también era fácil encontrarnos. Sólo esperaba la señal de mi padre, algún movimiento brusco que rompiera la tensión en mis miembros. Pero éste no llegó. En cambio, papá se levantó del sillón, agradeció por el vaso de agua que ni siquiera tocó y, sin despedirse, salió hacia la calle con celeridad, como quien huye de un incendio.

Tuve que salir corriendo para alcanzarlo. Aunque lo llamé un par de veces, mi padre no volteó a verme.

—Aquí quedamos, vecino, pa lo que se le ofrezca —gritó Martín Padilla mientras nos alejábamos. Quise voltear a verlo, mentarle la madre, romper todas las ventanas de su casota de virrey. Me contuve. Y mientras volvíamos a nuestra casa pude sentir el aire haciéndome nudos en la garganta y en el estómago.

Mi hermano salió del hospital tres semanas después. Como anunciaron los doctores, le tomaría un par de meses recuperarse plenamente. No volvió a estudiar. Aunque no lo dice, aquel incidente ha generado en él una marcada desconfianza que le impide llevar una vida normal, con amistades normales. Casi no hablamos de esto. Fernando y los otros dos muchachos que lo golpearon son profesionistas. Hasta donde sé, todos han formado un hogar: una familia normal, con hijos normales, que va a los parques los fines de semana y a la playa al menos un par de veces al año. Fernando vive actualmente en la Ciudad de México, donde trabaja como supervisor en una importante empresa farmacéutica.

Este, 1996

La muerte de Sagrario fue la obertura. Los vecinos intentaron protegerse: pronto atribuyeron el destino aciago de Sagrario a su carácter desenvuelto, a su forma de conducirse alegre, fervorosa, demasiado confiada para su propio bien. Esas cosas pueden pasarle a una mujer que vive sola, a una mujer que no tiene una pareja estable, sino que, por el contrario, pasea por las calles de Tlayolan con un hombre distinto cada semana. ¿Qué otra cosa podría esperarle, si no sabía cuidarse, si no sabía guardar el recato que nuestro pueblo demanda como moneda de cambio para la seguridad? Durante las siguientes semanas, los discursos a mi alrededor habían abandonado casi por completo la empatía hacia la muerta, y el relato fue contado de otra forma, aquella manera impersonal y parabólica que tienen todas las advertencias morales. Las niñas, las muchachas, las mujeres de bien no deben andar solas a deshoras de la noche, no les vaya a pasar lo que a Sagrario.

Unas horas después del crimen —después de que los servicios de emergencia se llevaran el cuerpo y los vecinos procedieran a lavar la sangre de la banqueta— la policía llegó a colocar un par de cintas amarillas para marcar la zona de la muerte, recogieron los casquillos —estaban a la vista, apilados en un pequeño montón que las bienintencionadas vecinas habían dispuesto para facilitar la labor de las autoridades— y se mantuvieron vigilantes durante la mañana a la espera de que algo, o alguien, les ofreciera alguna pista de lo que había pasado.

Ramón Robles, uno de los policías preventivos que arribaron al lugar, recordaría varios años después al grupo de niños que jugó toda la mañana en la calle, acercándose con morbo y emoción a la casa de la muerta, a pesar de las advertencias de sus madres y las miradas hurañas de los policías que les pedían que no tocaran nada, que no dijeran nada, que no vieran nada. Sin importar los gritos, las advertencias y las amenazas, uno de los niños logró acercarse lo suficiente para recoger uno de los casquillos que había caído entre los adoquines. Huyó corriendo triunfal mientras apretaba con su mano aquella reliquia macabra.

Recordará también que ni él ni sus compañeros estaban capacitados para atender la situación, que durante aquel primer acercamiento al crimen no sabían lo que hacían. La policía municipal en aquel entonces estaba integrada por vecinos de Tlayolan, hombres —pocas mujeres— acostumbrados a visitar las colonias marginales para recoger borrachos, deshacer trifulcas incidentales, asistir en la atención de los accidentados y, muy de vez en cuando, enfrentarse verbalmente a las pandillas de cholos del FBI (Famosa Banda Infonavit), de los Aztecas, de la Morelos, de la Cristo Rey.

Recuerdo que, cuando pasaban por mi barrio de la infancia, los muchachos —pocos, todos ellos parte de alguna pandilla— les mentaban la madre desde la banqueta, y recibían también mentadas desde las patrullas antes de estallar en carcajadas. "Qué tranza, Rafiki, te ves rebién vestido de puerco", "¿A poco ya eres de sangre azul, pinche Cheto? No cabe duda que ya cualquier pendejo es cuico". Gritos, chiflidos, señas con la mano eran la trifulca más frecuente, y muy de vez en cuando se atendían enfrentamientos sin malasangre, que no pasaban de golpes o de algún detenido incidental que sería absuelto luego de cuarenta y ocho horas en los separos.

Un homicidio era un fenómeno raro, espontáneo, en el que tenían que proceder *a cappella*. Se limitaban a su intuición: analizar el área, recuperar cualquier prueba, interrogar a los vecinos que repetían una y otra vez la misma historia, a veces con más detalles reales o inventados que formulaban una narrativa siniestra e incomprensible como la misma muerte de Sagrario. Con todo, en el aire flotaba una verdad que todos los vecinos de la colonia intuían: en casos así jamás se castigaba al culpable. El tiempo, por desgracia, les daría la razón.

Un cuarto de siglo más tarde, la situación no ha cambiado. De acuerdo a las estadísticas recopiladas por *Animal Político*, hacia 2018, noventa por ciento de los asesinatos en México permanecen impunes; tan sólo cinco por ciento de los casos terminan con alguien tras las rejas, y faltaría señalar que, incluso en estos casos concluidos, los enjuiciados no son necesariamente los verdaderos culpables. Mientras tanto los muertos siguen acumulándose, siguen llenando los refrigeradores de las morgues del país y, cuando éstos son insuficientes, son arrojados a tráileres refrigerantes que la autoridad procede a abandonar en alguna finca o baldío. Muertos y desaparecidos son condenados a formar una sola, inmensa, categoría: los olvidados.

Poco después de cumplir veinte años vi a mi primera chica muerta. En ese entonces trabajaba como editor en un semanario especializado en notas deportivas de la región Sur de

Jalisco y en la nota roja. Nuestro equipo de trabajo era escaso, así que no era raro que los editores tuviéramos que suplir a nuestros reporteros en alguna emergencia: lo mismo íbamos a hacer la crónica semanal de la Liga Constituyentes, que a tomar fotografías y cubrir los accidentados, ejecutados y, cosa cada vez más común, mujeres asesinadas. Por ser el más joven del grupo me habían permitido atender sólo los deportes; no obstante, yo sabía que esta consideración era temporal y que, eventualmente, tendría que acudir también a mi cita con los muertos.

Recibí la llamada a las dos de la mañana. El timbre del teléfono repicó un par de veces antes de que lograra encontrarlo, tanteando el aire entre sueños; cuando respondí, la voz porosa del director del periódico me provocó malestar. Sin saludarme, me dijo que tenía que ir rápido a la carretera que subía al Corralito. Alguien había tirado el cuerpo de una muchacha y ninguno de los reporteros estaba disponible. La palabra *tirado* me pegó como un martillo en la sien. Me senté en mi cama y traté de organizar la palabrería que el director seguía diciendo: el kilómetro exacto, el nombre del policía que me permitiría pasar, el cajón donde habían guardado la cámara fotográfica del semanario. Sacudí la cabeza y miré la noche inflamándose más allá de la ventana: sólo de escuchar las instrucciones sentía el aplastante tedio de aquella labor.

Y aunque —con un poco de esfuerzo— hubiera podido negarme con algún pretexto, ocurrió que la imagen de la muchacha asesinada en la brecha despertó mi curiosidad. La maraña de mis recuerdos terminó por envolverla y, pronto, no pude pensar sino en Sagrario. Sagrario acribillada en mi calle. Sagrario saludándome desde su Grand Marquis blanco. Sagrario olvidada después de tantos años en algún muladar donde se tiran los malos recuerdos. Sentí que era una oportunidad de congraciarme con ella y su memoria. Quizás la chica muerta era la respuesta que Sagrario me enviaba desde el otro mundo.

Convencido de esto, terminé de espabilarme y salí a la madrugada de Tlayolan.

Tuvieron que pasar algunos días para que la familia de Rocío resintiera su ausencia. Ese fin de semana, Julieta y Germán compraron una rosca de Reyes y acudieron a la casa familiar para la celebración. Llevaban también un par de regalos para Marta y Rubén —especie de consuelo para animarlos en su regreso a clases— y una cámara instantánea Polaroid que, hasta el día de hoy, conservan. Cuando cayó la noche, se les hizo extraño que Rocío no asistiera a la reunión, aún más porque ni siquiera llamó para avisar de su retraso. Fue ésta la primera vez que su mamá, la señora María del Rosario García, se preocupó por la ausencia de su hija. Así se lo hizo saber a su marido, don Julián Vargas, quien rápidamente dispersó cualquier inquietud con un sólido: "No le pasa nada. Ya se reportará". Pero esta frase insulsa no fue suficiente para la madre, quien todavía llamó un par de veces por teléfono a la casa de su hija, sin obtener respuesta.

Los padres de Rocío se reprocharían durante años no haberla buscado de inmediato. A pesar de saber que hubiera sido inútil, que era imposible salvarla y que acaso hubieran podido detener la corrupción de su cuerpo algunas horas, pero nada más. Ese fin de semana, Julián se molestó con su mujer y le increpó su continua preocupación, diciéndole que no estaba bien *llamar* a la mala suerte. De igual manera, terminó por negarse una y otra vez a visitar la casa de su hija, arguyendo que de seguro había una buena razón para que no les respondiera el teléfono y no tenía caso dejarse llevar por la consternación. Después de todo, Rocío tenía su propia familia y seguramente a Pedro no le entusiasmaba mucho partir la rosca de Reyes con ellos.

—A lo mejor se fueron de vacaciones y se le olvidó avisar. Ya que vuelvan haces tu drama —dijo a su mujer, y siguió repitiéndose que no había motivo para estar preocupado, que no era la primera vez que su hija pasaba un tiempo sin comunicarse.

Pero la angustia ya iba tomando forma en su pecho. Ese lunes fue al trabajo con la sensación de que algo le faltaba; como si hubiera dejado la válvula del gas abierta, como si algo afilado pesara sobre su cabeza todo el tiempo. Estuvo de mal humor por la mañana, peleó con algunos de sus compañeros, atendió de mala gana a los ciudadanos que acudieron a su oficina en el ayuntamiento municipal, y repetidamente sintió tentación de tomar el teléfono y llamar a su hija. Terminó por contenerse, por repetirse mentalmente que todo estaba bien y que tarde o temprano Rocío llamaría para saludar como si nada hubiera pasado. Porque no había pasado nada, porque cinco días sin noticias no significaban gran cosa y ella, que era tan parecida a él, seguramente lo pensaba así.

La semana siguió pasando pesadamente y el martes y el miércoles fueron repeticiones de lo mismo. Su mujer tratando de reprimir la angustia, descansando en sus palabras y en su confianza: "seguro está trabajando", "este fin, sin falta, vendrá a vernos"; y él en su oficina, preguntándose si en verdad algo les podía haber pasado a sus parientes en aquel pueblo donde no pasaba nada. Luego el papeleo burocrático, las miradas a través de la ventanilla de trámites, la gente que iba y venía del ayuntamiento en una sola corriente de rostros inexpresivos. Aquél era su ambiente, su zona de confort, la seguridad necesaria para pensar que sí, que todo ocurría con normalidad y su hija llamaría pronto. En eso pensaba el miércoles en la tarde, cuando uno de los policías —conocido suyo— llegó hasta su escritorio y lo miró fijamente mientras le hacía una pregunta que duró toda la vida:

—Don Julián, allá por Encinos los vecinos se están quejando de que huele muy feo —hizo una pausa. Trató de que su voz no despertara ninguna alarma—. ¿No le ha comentado nada su hija?

Para ingresar a la carretera al Corralito es necesario tomar la libre a Guadalajara por el norte de la ciudad. Pasando los paisajes de aguacateras y berries que bloquean la vista de la laguna de Tlayolan, se alcanza un cruce adornado por una estatua cobriza de un personaje de la política local. A partir de ahí la carretera asciende serpenteando entre casas y cabañas, campos de tiro y, en el fondo, el bosque. Nada más que el bosque.

En el lugar no había más que una patrulla con la torreta encendida. La ambulancia estaba en camino, pero tardaría algunos minutos en llegar porque estaba atendiendo un accidente en San Sebastián del Sur y los heridos son más urgentes que los muertos. Los destellos azules y rojos se veían desde varios kilómetros abajo, brillando entre la maleza con estertores de agonizante. Conforme me acercaba me sentí gradualmente más nervioso, fuera de lugar, como si invadiera terreno sagrado. Lo mejor, pensé, sería tomar rápidamente unas fotografías, quizás preguntar algunos detalles a los policías preventivos, que me miraban con recelo incluso después de haberme identificado y de mostrarles mi gafete del semanario.

Tenía que admitir también que tenía cierto deseo malsano de asomarme a ver el cuerpo. No era por el morbo, sino aquella sensación que me había acompañado desde el principio de mi viaje: la chica muerta representaba mi encuentro esperado con Sagrario, la oportunidad de convocar su memoria después de más de una década.

El aire helado del cerro me rasguñó el rostro y, por un instante, llevó hasta mí el aroma mineral de la sangre. Ocurrió entonces que aquella imagen de mi infancia, la de mi padre atravesando la puerta de regreso a nuestra casa, me sofocó. Vi su camisa manchada, vi su rostro pálido y sudoroso, vi a mi padre que se agachaba y me acariciaba el cabello y me besaba la frente y me decía que me quería mucho y que todo estaría bien. Que él me protegería. Pensé en su camino a la casa de Sagrario, y me pregunté qué había sentido él al estar ahí, a tan pocos metros del cuerpo de quien, hasta esa misma mañana, había sido su vecina, la bonita. Si aquella muerte real y cercana soltó sus agujas contra él, como lo hacía conmigo en ese momento tan distante en el tiempo; si sintió aquel hervor en el vientre, que subía por el pecho y calentaba mi cabeza. La puerta de la noche se abría para mí. Me convocaba a un encuentro impostergable.

Uno de los policías me habló desde las inmediaciones del cuerpo. Preparé mi cámara y fui trastabillando como un recién nacido.

Algunos hombres de Tlayolan tenían una costumbre feroz. Una estrategia para "ligar" que funcionaba como último recurso. Invitaban a una amiga por unas cervezas —con una amiga era más fácil, por la confianza— y la convencían para ir juntos al mirador del Corralito. La vista de la laguna de noche era una tentación difícil de resistir. La cosa era llegar al mirador y beber durante un rato. Hasta el punto en que ella estuviera lo suficientemente cómoda como para resistir más contacto del habitual; un abrazo íntimo, un elogio que se asomara apenas un poco más allá de la amistad. Con algo de suerte, la amiga cedería entonces, sin hacer nada más, hipnotizada por aquella carretera sola, por el calor de las cervezas o por la ilusión tejida entre las estrellas y el paisaje. Pero si nada de esto tenía efecto siempre quedaba una opción. El hombre le diría claramente a la amiga sus deseos de tener sexo con ella y, para evitar que se negara, usaría la frase mágica: "O coges conmigo o te regresas a pie". Era importante decirlo con un tono firme, fiero casi, desconocido en todo caso para ella. Contemplando los cuarenta y cinco minutos que toma llegar en coche hasta el mirador, la oscuridad reproduciéndose a su alrededor, el camino ahora plagado por los peligros que involucra regresar sola y a pie, la amiga no tendría otra opción que claudicar.

Pero no todo es tan malo: si lo haces por las buenas hasta podrías llegar a disfrutarlo.

Don Julián le pidió ayuda a su yerno, Germán, para que lo acompañara hasta la casa de Rocío. Hubiera deseado tener la voluntad para hacerlo solo, pero el anuncio que recibiera en la presidencia municipal había mermado su voluntad. El trayecto hasta la casa de Rocío fue especialmente largo pues, como cruel vaticinio, se toparon con una procesión fúnebre que bajaba hacia el panteón por la única calle que les daría acceso a la casa de su hija. Ver aquellas figuras vestidas de negro le hizo nudos en el pecho, pero intentó no protestar. Germán, en cambio, no pudo resistir el silencio:

—No se apure, don Julián —con un movimiento mínimo, oprimió el hombro de su suegro—. Seguro todo está bien.

El sol mordisqueaba con saña el brazo del hombre, recargado en la ventana del conductor. Sus ojos se entrecerraron apenas. Su respiración se aceleró mientras sentía la sangre subiendo a trompicones hasta su cabeza.

—¿Y tú cómo chingados sabes? Tú nunca te enteras de nuestras cosas —respondió, sorprendido de su propio tono. Germán no dijo nada. Clavó la vista hacia el frente y siguió el resto del viaje sin decir más.

Durante todos los días que duró la desaparición de Rocío, don Julián no dejó de pensar en Pedro. Cosa extraña, pues su yerno nunca había ocupado sus pensamientos más de lo indispensable; tampoco, por cierto, sentía por él una animadversión que lo obligara a ponerle atención durante mucho tiempo. No obstante, desde la mañana del 8 de enero vio repetidamente la misma imagen de su yerno, el día que se encontraron por primera vez cuando la pareja llegó desde Tamaulipas para instalarse y empezar una nueva vida en Tlayolan.

Lo primero que pensó es que era demasiado enclenque. A pesar de que Rocío le había contado de sus hazañas deportivas, para don Julián era difícil conciliar la imagen del joven Hércules de los relatos de su hija con aquel individuo bajito, menudo, de cabellos rizados, que bajó de un viejo Dodge cargando un par de maletas y saludándolo nerviosamente con sus manos sudadas. Ni en aquel entonces ni en los días siguientes Pedro mostró actitudes preocupantes; en los meses posteriores nunca recibió queja alguna de Rocío y, en lo que respectaba a doña María del Rosario y a Julieta, siempre se comportó cortés con las otras mujeres de la casa. Pero había algo en él, cierto deshonesto servilismo que no terminaba de gustarle. No era sólo que viniera de Tamaulipas, estado del que sabía muy poco y, había que decirlo, lo muy poco que sabía alimentaba la mala fama de sus habitantes. Era su manera de mirar, cargada de rencores muy viejos que ni él, ni nadie de su familia, pudo entender en plenitud. Ahora ese hombre estaba también desaparecido.

Dieron vuelta a la derecha para introducirse en la colonia Bosques del Nevado y escapar del ritmo hiriente de la procesión. Avanzaron despacio por el empedrado; los dos hombres iban midiendo la tarde en silencio, tratando de desvanecer una idea que iba cobrando fuerza en los dos, aunque ninguno se atrevía a pronunciarla. Era cerca de mediodía, el frío del atardecer soltaba sus agujas sobre la piel de los transeúntes y los brazos de los conductores. Un grupo de niños corría por la banqueta. Un par de vecinos paseaba un perro negro de camino al camellón. Dieron vuelta a la derecha. El rumor de la muerte se anunciaba en las aceras.

Estacionaron el coche en la acera frente a la casa de Rocío y, desde ahí, sintieron por primera vez aquella pestilencia que nunca llegarían a olvidar; el aire corrupto reptó hasta sus narices y los hizo estornudar. La fuente del aroma era indudablemente la casa de Rocío. La noche cayó en picada. Don Julián sintió uñas afiladas cerrándose en su corazón, pero no quiso dejarse llevar por la angustia. Trató de respirar profundamente, apagó el coche y se desabrochó el cinturón.

Germán lo detuvo antes de que abriera la puerta.

—Mejor voy yo solo, don Julián. Espéreme aquí —le dijo y abrió su puerta, todavía indeciso.

Julián quiso responderle algo, pero no pudo. Sentía su cuerpo aprisionado por la ansiedad, las palabras entumiéndole la lengua. Como el cancel tenía candado, Germán tuvo que saltárselo para asomarse a la casa. Echó un vistazo a través de la ventana del comedor, y luego fue hasta la ventana que daba a la sala. Las cortinas echadas apenas le dejaban ver el interior, manchado además por la oscuridad que se propagaba progresivamente. Julián vio cómo su yerno se cubría la nariz con la camisa. La peste era insoportable. Dolorosa.

Pero no quiso pensar en esto; por el contrario, se concentró en el rostro de su hija, en aquella llamada hacía casi dos años, cuando le anunció, llena de gozo, que ella y su familia regresarían a Tlayolan para buscar suerte. Recordó lo felices que estaban en casa porque Rocío regresaba de aquel estado tan lejano. Pensó también en sus nietos, en los regalos que todavía los esperaban en casa desde el festejo del Día de Reyes. Finalmente, pensó en Pedro, en la sonrisa amplia y confiada que le había regalado el día que se conocieron.

No supo cuántos minutos pasaron hasta que vio a Germán saltar el cancel de regreso a la calle y caminar pesadamente hacia su coche. Años después recordará esta escena y repetirá que él ya sabía lo que había pasado desde entonces. O mejor dicho, podía imaginarlo. Debió haber hecho lo posible por irrumpir en la casa. Romper el candado del cancel y abrir ahí mismo la puerta y recuperar el cadáver de su hija con sus propias manos. Llevarla abrazada hasta la funeraria, cavar él mismo la tumba que pronto habría de habitar Rocío. Debió haber sido él, su padre, el último abrazo de amor de aquel cadáver fresco. Pero las piernas y las manos perdieron toda fuerza cuando vio que Germán se asomaba por la ventanilla del copiloto y, mirándolo a él —pero sin verlo—, dijo las últimas palabras que escucharía en la calle donde vivió su hija.

—Algo no está bien, don Julián. Vi algo raro, como si… Mejor váyase a su casa y espéreme allá.

—Pero… cómo está… quién…

—Váyase a su casa, don Julián. Por favor. Yo le informo en cuanto sepa algo.

Julián se lamentaría por no haber protestado. No obstante, en el fondo entendió —entiende, todavía— que su yerno había intuido ya lo que se ocultaba detrás de aquella puerta, que estaba tratando de evitarle una escena que ningún padre debería ver. Que trataba de salvarlo.

—En cuanto sepas algo me dices, Germán —le dijo y encendió el coche.

Mientras se alejaba, miró la silueta de su yerno a través del retrovisor. Germán miraba fijamente la casa de su cuñada, tomándose la cabeza con ambas manos. Todo había cambiado. A partir de ese momento una nueva especie de horror se había sembrado en la familia, y la ansiedad se fue formulando en una pregunta que los cubriría de llagas en los próximos días: ¿en dónde estaban los niños?

Las cintas amarillas bloquearon durante algunas semanas la casa de Sagrario. Para nosotros, los niños, aquella cinta era el símbolo de lo prohibido, algo incomprensible que temíamos y tratábamos de visitar con frecuencia: hacíamos retos de valor para ver quién se atrevía a atravesarlas y permanecer en la cochera el mayor tiempo posible; el más osado de nosotros arrancó por completo un trozo y se lo llevó a su cuarto, en donde lo exhibía como un trofeo, inmarcesible monumento a su bravura.

De aquella desacralización participaron también los adultos. En los primeros días no era raro ver a hombres y mujeres que se reunían en el exterior de la casa, o en sus inmediaciones, para hablar sobre lo sucedido. Mi familia formó parte de esta comitiva siniestra; parecía que estar presente era exigencia para averiguar lo que había pasado, pero también para evitar que volviera a repetirse. "Yo estaba dormido, pero alcancé a escuchar el quemón de llantas", "Tan feliz que la había visto esa mañana", "Yo iba a caminar con ella al cerro", "Una vez nos vimos en un bailongo, la saqué a la pista y vieras qué bonito se movía"... Al nombrar su muerte buscaban también el regreso a la normalidad, el ansia de que aquel evento aislado se tornara en un golpe de mala suerte. Un mal recuerdo para nosotros.

Para lo anterior, no obstante, había un requisito indispensable: tenían que atrapar al asesino de Sagrario. Los vecinos encontraban frustrante, aunque en el fondo comprensible, la lentitud del proceso judicial. Desde el principio, la situación apuntaba directamente a Ricardo Rangel, hombre conocido por todos pero quien, desde hacía casi un año, había dejado de venir al barrio. Los testimonios de un par de testigos aseguraban haber visto su camioneta la noche del asesinato, mientras que otro —quizás azuzado por la emoción— afirmaba que lo saludó e incluso habló con él mientras esperaba la llegada de la exesposa.

Se le hizo raro, dijo, encontrarlo así encerrado en su camioneta, sumergido en las sombras.

—Me dijo que viniera a recoger unas cosas, y aquí me tiene esperándola —dice que dijo.

La familia de Sagrario repartió volantes en la colonia, en un intento inútil por acelerar el proceso judicial. "Si alguien tiene alguna información de Ricardo R., favor de llamar al 23 equis equis equis...". El hombre tardó casi dos semanas en darse a la fuga, confiado quizás en la torpeza de las investigaciones o en la posibilidad de escaparse del juicio. No fue sino hasta que intuyó la visita de la familia de Sagrario que tomó sus cosas y se marchó hacia Sinaloa, en donde permanecería poco menos de una década. Entretanto, las visitas de los familiares al barrio fueron, durante unos meses, frecuentes. Visitaban a los vecinos de las casas aledañas, repetían los interrogatorios de los policías y conformaban la historia caleidoscópica de una noche sin rostro. Lo cierto es que la información que ellos alcanzaron a recopilar debió ser, sin duda, mucho más útil que la de los agentes de la ley, pues al reconocerse en el dolor de aquellos parientes, la gente de mi barrio súbitamente rememoró detalles que antes aparecían vedados por el miedo o el desinterés.

Pasados unos meses, cuando ya los listones amarillos habían sido retirados y los archivos policiacos acumulaban el polvo, también la familia dejó de ir al barrio. La última vez que los vimos acudieron con una gran camioneta blanca que llenaron hasta el tope con muebles, ropa vieja, electrodomésticos y algunos adornos; y recuerdo que encontré aterradora la revelación de que toda nuestra vida cabe en la caja de una pick up. Se fueron con el mediodía; el sol pegaba de lleno en el capó y se rompía en pedazos de luz y encono. La casa quedó abandonada durante un par de años.

Jamás los culpé. Incluso si todos dejaron de buscar, de encabronarse, de temblar por la impotencia de perder de esa manera a alguien de la familia, no podía culparlos, porque eso hace la desilusión: te fuerza a abandonar tu propia sangre. Los vecinos de Las Peñas renunciamos a la memoria de Sagrario, dejamos que su recuerdo se fundiera en cada una de las tardes que siguieron a su desaparición. Hasta que llegó el momento en que la dejamos atrás; las balas que habían fracturado nuestra tranquilidad pasaron a ser parte de un pasado mítico, y aquella muerta se volvió un signo del futuro acechante. Sus dedos helados se cerraron para siempre sobre nuestros hogares.

Durante todo mi noviazgo, mis amigos me insistieron para que llevara a Claudia al mirador del Corralito. Por su carácter solitario y por la hermosa vista nocturna que ofrecía a los visitantes, era lugar muy frecuentado por las parejas jóvenes y adolescentes de Tlayolan y otros pueblos aledaños.

—¡No seas pendejo, Hiram! Lo que te vas a ahorrar en moteles.

Tenían razón. Para un estudiante de Letras con acceso al auto familiar, el paisaje estrellado, la luna reflejada en la superficie calma de la laguna, ofrecían una oportunidad insuperable para un romance juvenil bello y sobre todo barato. A pesar del riesgo de ser vistos, o de ser atacados, en más de una ocasión Claudia y yo acudimos a aquella brecha para formar parte de las hordas de amantes que asistían cada fin de semana a acariciar las sombras. No era lo mejor, sin duda, pero a veces me permito pensar que lo disfrutamos. Y debo confesar que regresar al sitio apenas unos meses después de nuestra separación me trajo un mal sabor de boca.

Al ser un sitio tan popular, desde un par de kilómetros antes era posible encontrar autos escalonados al borde del camino. Una vez que el mirador se llenaba, las parejas tenían que adentrarse en la brecha, a la espera de hallar un resquicio para el amor. Siempre me pregunté si aquellos paseantes insomnes sabían que, apenas a un par de kilómetros más allá del mirador, se habían encontrado decenas de cuerpos en distintos estados de putrefacción, muchos de ellos de mujeres.

Las "brecheadas" de las parejas terminaron el día en que un grupo de muchachos, todos ellos menores de veinte años, llegó hasta el mirador en una madrugada de julio. Había un solo auto amparado por aquella noche sin luna. Armados con tubos y navajas, bajaron del coche a la joven pareja —él tenía veintitrés, ella diecisiete—, metieron al hombre en la cajuela y procedieron a pasarse de *mano en mano* a la muchacha. La violación multitudinaria duró poco más de una hora, aunque es difícil saber cuándo terminó realmente para ella. La escena sólo se interrumpió porque el novio, que había escondido su celular, logró mandar un mensaje a su familia. La policía llegó al lugar y arrestó a todos los implicados en el crimen.

Sólo entonces, al verlos iluminados por las linternas, se dieron cuenta de que algunos de los culpables eran casi niños.

Esa noche el camino estaba completamente solo pues la presencia policial había espantado cualquier apetito. Apenas llegamos al sitio donde reposaba el cuerpo, el aroma metálico de la sangre me mareó. Tratando de contener las náuseas, di un par de pasos más en dirección a la muchacha. El policía que me acompañaba alzó su linterna para iluminar el cadáver y le gritó a su compañero.

—Mira nomás, Chéspiro, ¡qué pinche desperdicio! —había retirado la sábana que la cubría y pudimos contemplar el cuerpo en plenitud: su pantalón estaba abajo, atorado en sus pantorrillas, y la blusa levantada dejaba ver sus senos que, a la luz de la linterna, resaltaban por su blancura—. Estaba rechula la cabrona, ¡justo como me la recomendó el doctor!

Al escucharlo, el compañero caminó hasta nosotros, se asomó a ver también el cuerpo y, sin decir nada, hizo una señal con las manos como si apretara dos hogazas de pan. Los hombres siguieron hablando sobre los atributos de la muerta; entretanto, yo tomaba notas de cualquier cosa, incapaz de saber cuánta de aquella información sería finalmente útil para la nota que entregaría al día siguiente. La posición del cuerpo, los rasguños del viento frío, el sonido de los insectos que latía como una amenaza arbórea. Escuché cómo describían sus piernas, dos piernas fuertes, perfectamente depiladas, que subían con una sensualidad innegable hasta su entrepierna. Sentí un cosquilleo familiar que me bajaba por el estómago. "Cálmate, cabrón", me dije, mientras la voz de los policías hablando de los pechos descubiertos de la muchacha terminó por impacientarme.

—Tengan tantito respeto. Acaban de matarla.

Se miraron, luego voltearon hacia mí y, por alguna razón, dejaron de hablar. En cambio, caminaron alrededor de la chica, iluminándola desde distintos ángulos. Su rostro estaba desfigurado por lo que parecían ser varias heridas de cuchillo, que se reproducían en sus pechos y en su abdomen. Sólo la mitad de su cara dejaba reconocer sus rasgos.

En verdad era muy guapa.

La imaginé sonriendo apenas unas horas antes, bebiendo cerveza y contándole a su acompañante sus sueños, sus felicidades, alguna intimidad que sólo confiaríamos en alguien cercano. Luego el súbito cambio de expresión de la pareja, el ser amado transfigurándose en verdugo en cuestión de segundos. Pensé en sus familiares o amigos yendo a reconocer su cuerpo. En la impresión que les daría ver aquella ira que —así lo expresaron los periódicos regionales— apuntaba a un conocido, pues sólo alguien cercano podría asesinarte con tanto encono. Traté de imaginarme el rostro de Sagrario cuando vio a su exmarido debajo de la banqueta con la pistola en las manos, un instante antes de que las balas perforaran su torso.

Fue en este punto que la imagen de Claudia volvió a mí. Hacía poco más de seis meses desde nuestra separación, que había ocurrido, curiosamente, en aquella misma brecha. Pero no fue el recuerdo de aquel último paseo nocturno —amargo, inolvidable— el que me hizo recular. Fue la memoria de Claudia misma, del cuerpo de Claudia tendido debajo de mí durante tantas ocasiones en nuestro noviazgo, y que ahora yacería así debajo de alguien más, lo que me provocó una punzada y un vacío en el pecho. Mientras caminaba alrededor del cadáver, luché contra la sensación placentera y cálida que ardía en mi entrepierna. Traté de pensar en otra cosa, pero al buscar la mejor posición para tomarle fotografías, empecé a repasar en mi imaginación el cuerpo desnudo de mi exnovia. Pensé en sus piernas —firmes también— que había recorrido tantas veces con mis dedos y con mi boca. Al ver el pecho herido de aquella desconocida, pensé en las estrías de sus pezones que eran como pequeños soles dibujados por un niño. Pensé en su vagina cubierta de vellos negros, y me pregunté si ahora que estaba con su nueva pareja, Claudia habría accedido a depilarse, como aquella chica que, frente a mí, fue enjugando la muerte de su cuerpo bello y cercano.

Ahí estaba Claudia, tan cerca de mí que si yo alzaba mi mano y tocaba la piel fría de aquella muchacha podría tocarla a ella. Eso pensé, mientras sentía mi pene erecto apretándose en mi pantalón y un delirio repugnante e irresistible hizo que mis manos temblaran durante un segundo tratando de alzarse, en un impulso que tuve que frenar con todo el peso de mi lucidez.

—Oye tú, chamaco —la voz vino del policía que sostenía la linterna—. ¿Sí le vas a tomar fotos para tu nota o te la vas a jalar? Digo, pa irnos yendo…

El otro carraspeó. Ni siquiera pude mirarlo pues mis ojos se resistían a volver a la realidad. Sentí que mi garganta ardía, mis manos apretaron la cámara con fuerza. Alcé el aparato y tomé fotografías. Sin poner atención, todas desde el mismo ángulo. Cada vez que apreté el botón sentí que aquellos flashazos eran una daga entrando en el cuerpo de la desconocida. Pasé saliva, sentí una náusea fresca que me colmaba. Sin decirle nada a los policías, caminé de regreso hasta mi coche. Los escuché gritarme alguna palabra de despedida en medio de risas ahogadas por los ruidos nocturnos. Tiré la cámara en el asiento de atrás y volví a Tlayolan a toda velocidad.

Durante todo el camino de regreso sentí el viento helado concentrándose en mi nuca como el suspiro de un muerto.

No volví a trabajar en el periódico. Al día siguiente, muy temprano, fui a entregar la cámara y le di al reportero de base el cuaderno con las notas que había tomado. Sólo me despedí de él, pues a esa hora no había nadie más en la oficina. "¿Tan poco aguantas?", me preguntó, mientras caminaba hacia la puerta, pero no recuerdo si le respondí algo. Es probable que no.

Ese fin de semana publicaron la nota de la muchacha muerta. Se llamaba Jazmín, era de Sayula y, de acuerdo a las averiguaciones policiacas, la había matado su novio en un arranque de celos, después que ella confesara que tenía un romance con otro hombre. El presunto asesino había denunciado su desaparición al día siguiente del hallazgo del cadáver; los agentes ministeriales lograron arrancar su confesión. El método es lo de menos. De cualquier forma, el testimonio coincidía con otras escenas de maltrato que la familia de Jazmín había notado en aquella relación. El hombre sería presentado ante el juez de lo penal y, posteriormente, se le dictaría sentencia. Permanecería en la cárcel durante poco menos de diez años.

Cuando le conté a mi madre mi experiencia con Jazmín, meneó la cabeza silenciosamente. Recuerdo que tomó el periódico y lo leyó durante algunos minutos. Su rostro apenas me permitió reconocer un par de gestos.

Lo depositó en la mesa.

—Ay, mijo, sí es triste, pero eso les pasa a las mancorna-doras. Me da mucha pena por esta muchacha, tan jovencita, pero luego pienso en todo el daño que hacen y ya no sé qué pensar. Mira lo que nos pasó a nosotros, ve a tu papá y veme a mí. Y la cabrona de su novia tan campante, feliz sabiendo que me hizo pedazos. Por supuesto que no deseo su muer-te, aunque a veces… —se llevó las manos al rostro, luego las movió de arriba abajo como si estuviera limpiando un dolor muy viejo—. No, mijo, tener lástima me tiene en este pozo donde estoy. Si lo piensas bien, estas viejas se buscan lo que les pasa. ¿Qué otra cosa puede esperarse?

¿Qué otra cosa?

Oeste, 2000

¿Cuándo comienza un homicidio? Se trata de un momento preciso en el tiempo, sí, que normalmente se determina con el ataque a la víctima y la catarsis del victimario. Pero el asalto instantáneo de ira y ofuscación que conduce a la violencia no es más que el fin de un proceso, y todo proceso tiene raíces que se esconden más allá de la certidumbre. Habría que tomar en cuenta muchas etapas significativas. La primera vez que se piensa: "Voy a matar a mi mujer". O la segunda, o la tercera. Cuando la idea se vuelve periódica y obsesiva, tanto como para sentir la materialización del anhelo en todo el cuerpo. La elaboración de un plan que se rumia en la imaginación —¿durante días?, ¿meses?, ¿años?—, una locura que se vuelve peligrosamente real. La acumulación de desencuentros y rabias y tristezas que logran convencer a alguien de que el homicidio es un recurso al alcance de sus manos.

El 4 de enero de 2000, Rocío tenía veintisiete años y se levantó, sin saberlo, a su última mañana en el mundo. No era un día ominoso. Puedo recordar un amanecer claro, sin nubes, con temperaturas que oscilaron entre los cero y los diez grados en el valle de Tlayolan, frío más que propicio para el último martes de las vacaciones de invierno. Yo tenía once años y, como todos los niños de mi edad, me asomaba al nuevo milenio lleno de expectación. Se anunciaban los tiempos de los coches voladores, de los navegantes virtuales, de los robots de servicio en el hogar, de las videollamadas —esto se haría realidad pronto— y, en general, de tantas promesas de progreso tecnológico blindadas por la esperanza de que vendrían tiempos mejores, porque en el futuro imaginado sólo hay espacio para la utopía. Yo tenía once años y mi familia desayunaba con toda la tranquilidad propia de un martes familiar.

En ese momento, en el extremo opuesto de la ciudad, Pedro Flores asesinaba a golpes a su mujer.

Veo una habitación casi vacía. Algunos cuadros cuelgan de las paredes: un título universitario, fotografías familiares, una pintura comprada hace demasiado tiempo en un mercado lejano. Veo las paredes maltratadas por la humedad y, cerca del techo, las huellas de huecos resanados: viéndolo bien, toda casa está llena de cicatrices. Veo el piso sucio, la luz fracturándose al penetrar en las habitaciones y el aire de invierno que abre úlceras en los pasillos.

Pedro golpea el piso con fuerza: los azulejos quebrados vibran a cada impacto del marro que rebota contra el manto de concreto con un sonido hueco. Los pocos muebles han sido recolocados en el pasillo, junto al comedor e incluso dentro de la cocina. Hay manchas de humedad en la pared lateral, que contrastan con el tono pastel que recubre los muros. Al frente, hacia la calle, hay una ventana; la cortina cerrada impide que la gente vea hacia el interior. No obstante, deja entrar cabellos de luz que se reparten por toda la habitación y la hacen ver un poco más grande de lo que es en realidad.

El aroma del polvo nubla cualquier otro sentido. Pedro suda profusamente. Sus brazos y su espalda dejan relucir los músculos que ha forjado cuidadosamente durante toda su vida, con disciplina y rigor. Le duelen las manos, cada nuevo golpe contra el suelo es un recordatorio de lo que pasó hace apenas unas horas; al mismo tiempo, en cada punzada se esconde su deseo por volver atrás y arreglarlo todo. El cadáver que yace en la recámara matrimonial, apenas a unos metros de distancia, es recordatorio de la vida que se ha roto.

Es la última vez que pisará esa casa. La ha matado y, a partir de ahora, sólo la habitarán los fantasmas que él mismo ha convocado.

El primer registro del concepto *crimen pasional* vino de Francia, a mediados del siglo XIX. Más que un término legal, era una expresión del vulgo que designaba un acto de violencia extrema entre dos personas vinculadas sentimentalmente, mismo que podía producirse por los celos, el desengaño amoroso o una ira desmesurada contra el objeto de amor. El crimen no era premeditado, ni calculado fríamente, sino un "huracán psíquico" —la frase es de Saydi Núñez Cetina— que anulaba cualquier voluntad consciente y, con ella, la posibilidad de actuar con normalidad o de percibir la realidad adecuadamente. Los delincuentes pasionales no eran ellos mismos al momento del crimen: eran apenas manifestaciones del odio que ofuscaba en un instante violento el resto de sus vidas.

El término llegó a popularizarse también en nuestro país, y se utilizó en los medios periodísticos mexicanos desde la primera mitad del siglo XX. Algo más heredamos de nuestro antecedente francés: cuando se habla de crimen pasional, hay siempre una intención atenuante para el asesino, de quien se cree que, por encontrarse bajo un estado de estrés extremo, pierde las facultades mentales de manera momentánea, lo que posibilita los crímenes más aberrantes. Esta condición los distingue de otros criminales y degenerados: no está en su *naturaleza* delinquir. Así, el "homicidio por pasión" —catalogado en la legislación penal mexicana— consideraba tres aspectos que excluían la responsabilidad criminal: que el esposo descubriera *in fraganti* la infidelidad de la esposa, que el padre encontrara a su hija soltera en unión carnal, o que se demostrara que el acusado habría obrado en defensa de su honor.

Al ejercerse contra una persona vinculada sentimentalmente, el crimen pasional sorprende siempre por su virulencia: víctimas mutiladas, deformadas a golpes, quemadas, desfiguradas con ácido, descuartizadas, vertidas en una larga y cacofónica lista de castigos irredentos. Todos ellos motivados por la pasión, el amor, la mujer.

Han pasado varios minutos hasta que el cemento cede. Para entonces, el ruido de los impactos ha alertado de que algo extraño está ocurriendo en la casa de la maestra Rocío. Alguien ha tocado el timbre un par de veces, pero Pedro no responde. No tiene tiempo para preocuparse por los vecinos ahora, no tiene tiempo para pensar en nada más. A cada nuevo golpe del mazo, el cemento se desmorona como una promesa de amor mal correspondido. Al sentir la superficie venciéndose, también siente renacer cierta esperanza: ¿y si no tuviera que largarse? ¿Y si pudiera resolver todo en unas horas, sin renunciar a su casa, a sus hijos, a toda su vida?

Tendrán que pasar un par de días, por lo menos, para que alguien note la ausencia de la mujer. Para entonces, no sólo habrá concluido con su obra, sino que quizás logre inventar un pretexto lo suficientemente creíble como para que su familia —y hasta la familia de ella— piense que Rocío se ha marchado, que ha decidido abandonar aquel hogar infeliz que poco a poco iba drenando su salud. Hace tiempo que tienen problemas, más de uno de sus parientes sabrá que ella ha pensado en marcharse y por eso la posibilidad de que le crean le parece tangible. La posibilidad de volver a su vida normal es lejana, pero tiene tanta vitalidad que ignora las punzadas en las palmas de sus manos y hace retumbar el suelo de cemento.

—Tú tienes la culpa, cabrona —dice, cuando ha pasado casi una hora—. Siempre sacas lo peor de mí, tan fácil que es quedarte callada.

Hace rato que platica con ella; su presencia se ha apoderado de los rincones de la sala como un rencor en carne viva. Pedro menea la cabeza, se seca el sudor con el dorso de la mano y balbucea maldiciones y remordimientos. Rocío era una mujer hermosa. Tenía esa manera de ganarse a la gente que a él siempre le fascinó y que nunca pudo emular. Era aquélla una de las razones por las que la amaba, y por las que había decidido unir sus vidas hacía ya casi una década. ¿Y qué es el amor sino una preparación para ese odio malsano que ahora lo obliga a alzar el marro y dejarlo caer con furia contra el suelo?

Cuando por fin penetra la capa de cemento, el polvo entra en sus pulmones y lo transporta al presente. Siente los brazos cansados, la espalda adolorida y un ligero temblor en la punta de los dedos. Suspira. Sabe que aún falta lo más difícil.

Pedro concibió la idea de huir del pueblo con sus hijos en dos momentos de aquel día. La primera vez fue un instante después de darse cuenta de lo que había hecho, cuando el cuerpo inerte de Rocío sucumbió al peso de sus manos. Los niños estaban en la sala, viendo películas en la televisión: debieron estar acostumbrados a los gritos de papá, a algún manotazo ocasional en el cuerpo de su madre, a los esporádicos golpes. El silencio que siguió a la muerte no les debió haber parecido extraño.

Trató de hablar con ella, intentó reanimarla con disculpas y caricias, pero el daño se manifestó pronto. Debió ser entonces que la idea de huir se presentó como la única ruta para salvarse. Recogió sus cosas con prisa, fue por los niños y, con firmeza, les dijo que subieran al coche familiar. No dio explicaciones, nunca las había dado y no pensaba iniciar entonces. Los niños, extrañados pero obedientes, no pusieron en duda la determinación del padre. En poco tiempo, salieron de casa hacia lo que aparentaba ser una salida familiar. O casi.

Me lo imagino avanzando por las calles empedradas del oeste de Tlayolan. Todo lo que ha visto a su paso le debió resultar ajeno, como la primera vez que llegó al pueblo. Los árboles y las fachadas de los vecinos aparecieron ante él como un paisaje lleno de oportunidades. Cada objeto resanado por la novedad era manifestación de que el hombre había cambiado; el hombre es el río que se transforma, vertido en una carrera contra la muerte. Porque eso hace la culpa: te renueva ante el mundo.

Mira las calles llenas de personas y se percata súbitamente de todo lo que ha perdido; y piensa que él también podría ser cualquiera de los transeúntes que pasan como estatuas o sombras o anhelos demasiado tardíos si sólo se hubiera resignado a la felicidad. Y mientras sus hijos ríen y pelean y gritan y le hablan desde el asiento trasero del coche, envidia profundamente aquella multitud de rostros anodinos que desfilan en el exterior del coche. Cuántos horrores ignoran sobre el mundo, piensa. Cuántas cosas los acechan y están listas para saltar y hacerles daño si ellos, como él, tan sólo extienden su mano y les abren la puerta.

Es en este momento, mientras las casas y las personas y los autos estacionados pasan como un río de imágenes junto a su ventana, que la idea de quedarse se afianza en su corazón. Puede ocultarlo. Será tarea difícil, pero ¿hay algo más difícil que renunciar a todo lo que ha construido? Si lograra mantener a los hijos entretenidos durante unas horas, podría volver a casa y arreglarlo todo. Recuperar, de entre los pedazos rotos de su hogar, apenas lo suficiente para salvarlo. Debió ser en este momento que la idea de llevarlos al hotel se materializó. Nadie haría preguntas innecesarias. Es un lugar seguro y suficiente para que los niños lo esperen hasta que todo pase. Una vez solo podrá regresar a casa y hacer lo que tiene que hacer. Esconder el rescoldo de la mañana. Borrar el rastro de la *pasión*.

Llevarse el cuerpo así, a la luz del día, le parece demasiado arriesgado, imposible también hacerlo durante la noche, cuando los ojos vigilantes de los vecinos —que siente clavados ya como una espina en su espalda— estarán fijos en él. Tiene que esconderla en la casa, improvisar con sus propias manos la tumba en donde reposará el cuerpo de aquélla a quien amaba tanto.

Puede lograrlo. Primero Dios, puede salvarse.

Cuando llegan al centro, sus hijos bajan del auto dando saltos y corren por el jardín hacia los árboles. Al verlos así Pedro se pregunta qué debe hacer para que la mancha que crece en sus manos y que eventualmente cubrirá todo su cuerpo no toque aquellas pieles nuevas. Sus niños ríen y su risa es un terrible recordatorio de que detrás de todo gran amor la nada acecha. Camina hacia ellos y se sacude las ideas y piensa, cada vez menos convencido, que todo estará bien.

Los llama y los conduce al hotel Flamingos y no puede evitar amarlos, como se ama aquello que se mira por última vez.

Ha pasado casi una hora cuando logra ver, por fin, la capa de tierra. El aroma a cemento se suaviza y la tierra húmeda se alza por toda la habitación. Por un instante, la sensación de estar a la intemperie lo abruma, quisiera cerrar los ojos y dejarse llevar por la impresión de no estar en ninguna parte, o estar en cualquier parte menos en ése, el sitio que ahora lo aprisiona. Deja caer sus herramientas y se permite tomar un descanso. Recorre la cortina apenas unos centímetros, el golpe de luz lo fuerza a cerrar los ojos. Intenta pasar saliva y siente cómo resbalan por su garganta cristales molidos.

En la calle la vida pasa con una normalidad punzante. Los vecinos de enfrente sacan el asador y encienden la música, sus niños recorren la calle de arriba abajo persiguiéndose y Pedro no puede dejar de pensar en sus hijos, que a esa hora estarán en el hotel viendo la tele, comiendo papitas y refresco. ¿O llorando? ¿O preguntándose en dónde están papá y mamá y por qué no han ido a recogerlos? No. Mejor no pensar en eso. Mejor ocuparse del siguiente paso pues no tiene tiempo que perder. La interrupción de los golpes ha sumergido la casa en un silencio que le trae cierta claridad. ¿Cuánto más tiene que cavar? Sabe que las tumbas requieren hasta tres metros pues sólo de esta manera se evita que los aromas de la muerte lleguen a los transeúntes. Ni siquiera los dos sacos de cal que se ha asegurado de traer serán suficientes si no logra la profundidad deseada. Lo sabe.

Se sacude la tierra de la ropa y camina hasta el cuarto. En su mente cavila la posibilidad de acercar el cuerpo, pero en realidad lo mueve la necesidad de estar con Rocío. Siente su presencia en toda la casa, susurrada como una posibilidad de volver al pasado. Es una locura, lo sabe, pero no puede evitar preguntarse si revisó bien los signos vitales, si existe todavía una posibilidad de dar marcha atrás a aquel plan y continuar viviendo juntos aquella enfermedad que es su amor.

Toda esperanza se hace humo cuando entra al cuarto y ve a su esposa.

Rocío está recostada de lado, tal como la dejó por la mañana. Tiene los ojos abiertos, clavados en el muro color perla. La sangre de sus heridas ha coagulado en sus cabellos hirsutos. Sus ojos abiertos lo miran, lo desnudan hasta dejarlo en su estado más puro. Pedro siente una punzada en el estómago, se aferra a la pared, sus piernas se vencen bajo el peso de su angustia. Ha matado a su esposa y ésa es la única realidad que le queda. ¿Y si se entrega? ¿Y si le llama a la policía para contarle lo que ha hecho? Imposible. No son sólo los años en la cárcel, la pérdida de los amigos o de los familiares. Son sus hijos. No podría resistir la vergüenza o la tristeza o el odio de sus hijos cuando crezcan y entiendan —porque lo entenderán— lo que ha hecho su padre.

Todos los caminos se han cerrado. Sólo queda la mentira, el sepulcro improvisado de aquel cadáver que lo mira desde el lecho donde alguna vez se amaron. Debió haberla cubierto en la mañana, debió haberla enrollado en las sábanas cuando todavía los caballos desbocados corrían por sus venas. Maldice. Muerde su tormento y sus últimas palabras de amor y, por primera vez en el día, le pide perdón al fantasma que ahora habita aquella casa. Con fuerza, toma la sábana y enrolla el cuerpo toscamente.

Al bajarla de la cama, la cabeza de la mujer golpea el piso, "perdón, Flaquita", dice él, por puro instinto. A pesar de que lleva horas tratando de pensar que es un bulto, una estatua, cualquier cosa menos su mujer. "Esto ya no es Rocío", dice mientras se deja inundar por la esperanza de una vida normal que lo salve de aquella muerta.

La segunda vez que Pedro considera llevarse a sus hijos ocurre en el hotel Flamingos. Apenas ha cruzado la puerta y la voz amable del recepcionista —José, un ingeniero de cuarenta y cinco años— le da la bienvenida a uno de los hoteles más emblemáticos de Tlayolan. Estando ahí, le basta una mirada alrededor para pensar que quedarse ahí no es buena idea. Y es entonces cuando lo piensa: debería largarse, debería irse con sus hijos y que sea lo que Dios quiera. Los niños caminan tomados de la mano, expectantes pues no entienden por qué, de súbito, el plan de una mañana familiar los ha conducido a aquella casa extraña.

Le dura poco el impulso. El calor de sus hijos es aliciente para luchar por el plan original, y seguirá siendo su fuerza durante las siguientes horas, mientras castigue los cimientos de la casa familiar con la dura verdad del mazo. Pide una habitación doble y paga, de contado, tres noches. Ése será el tiempo suficiente para cavar la tumba, cubrirla con cemento, y colocar el nuevo azulejo sobre la habitación vejada. Tres días bastarán para zanjar de golpe aquel bautizo de sangre.

El recepcionista no hace preguntas. Por supuesto que es inusual que un padre llegue solo con sus hijos. Pero no tiene razones para pensar mal de este encuentro y, lo que es más, en su imaginación no cabe —cómo podría— todo lo que esconde el hombre que ya camina hasta su habitación, cargando dos grandes bolsas llenas de papitas, refresco, panes, dulces.

Aquélla será su última oportunidad para marcharse con ellos. Pedro lo sabe. Tendrían algunos días de ventaja antes de que las autoridades los buscaran. Para ese entonces, podría estar ya en Tamaulipas, en Nuevo León o en cualquier otro estado del norte en donde todavía pueda encontrar el asilo cómplice de su familia. Por desgracia, cada vez que sus hijos le preguntan por su madre, por qué su madre no los ha acompañado a ese hotel tan elegante, no hacen sino avisarle de lo que sería su vida en ese caso. Una vida de silencios, arrastrando fantasmas y secretos que acabarían por engullir aquellas vidas infantiles. ¿Podría someter a sus hijos a eso?

¿Podría condenarlos a la tormenta que se desata en su interior y lo hace sudar y ordenarles que se queden tranquilos, que él se irá a casa y volverá con su mamá tan pronto como le sea posible?

Antes de abandonar el cuarto los instruye para que pidan lo que necesiten de la recepción. Él se ocupará de pagarlo. "Pero no abusen", les dice y los abraza y luego se va del cuarto sin saber que ésa será la última vez que estarán juntos. Cierra la puerta y se aleja como una profanación.

No sabe si fue el impacto de ver a Rocío, o si los minutos de descanso que se consagró fueron suficientes, pero el cemento cede ahora con mucha mayor facilidad. El agujero en el suelo se ha acrecentado hasta poco más de un metro, y a cada nuevo impacto el cemento cruje y se desquebraja. El boquete en el piso se asemeja a las fauces de una gran bestia que demanda un sacrificio. Debajo sólo queda el silencio de las piedras.

Alza el mazo y trata de pensar en la semana siguiente, cuando su faena haya terminado y empiece la otra, la larga labor que la mentira habrá de labrar en aquella casa. Piensa en sus suegros, en sus miradas llenas de duda mientras asienten al escuchar la noticia de que Rocío se ha ido sola sin decirle a nadie. Sueño ansiado por ella durante tantos años de matrimonio, y que finalmente tuvo que concretar sin sus hijos, porque la familia no es para cobardes. La familia no es para los que dejan un hogar, abandonan un compromiso, renuncian a una vida en pareja.

Alza el mazo y piensa en sus padres. Las llamadas incómodas, las preguntas interminables, el consuelo constante de la madre y del padre que le dirán, una y otra vez, que no es su culpa, que la separación siempre es error del que se marcha, y el que se queda tiene la responsabilidad de reconstruir el hogar a partir de los pedazos. Pero él, Pedro, podrá hacerlo perfectamente. Él es joven y tiene toda una vida por delante, gracias a la cual sacará adelante a sus niños, tan chiquitos. Podrá rehacer su vida con otro amor.

Alza el mazo y piensa en sí mismo, observando cada tarde aquel rincón de su casa, consciente de lo que descansa debajo de la capa de tierra, cemento, y el azulejo que él mismo escogerá el día de mañana. Piensa en los ojos abiertos de Rocío que atravesaron su alma en la habitación, la claridad de esos ojos que heredaron Marta y Rubén, como insoslayable castigo que habrá de mirarlo hasta el final de sus días.

Alza el mazo y piensa en sus niños que crecerán sin madre. Piensa en la acumulación de mentiras a partir de ese día, y todas las que se irán sumando en cada mañana mientras estén vivos y juntos. ¿Podrá verlos a la cara? ¿Algún día sospecharán algo? ¿Cómo ocultarles la culpa durante tanto tiempo si en todo aquel día ha visto su propia mirada rota en el espejo? ¿Cómo explicarles la tierra en sus manos, las cicatrices en su pecho, sus ojos quietos como tumbas abiertas? Es imposible. Nunca podrá lavarse la muerte de las manos. Y nada de lo que fue Pedro Flores volverá a ser, ni para él, ni para nadie. Sólo queda el monstruo.

Deja caer el mazo en el suelo. Cae sobre sus rodillas, rendido ante el peso de la faena. Cierra los ojos y trata de no pensar en nada. Una dolorosa claridad lo envuelve. Piensa en lo que aún puede salvar. No su vida. No su nombre. Ni siquiera su recuerdo que a partir de ese día será una mancha en la memoria de todos los que lo conocen. Sólo quedan sus hijos, los dos niños que a esa hora estarán en el hotel, y que —no lo saben todavía— pasarán el resto de la semana encerrados en el cuarto, teniendo contacto solamente con la mucama, el recepcionista y su mujer, quienes verán que se cubran sus necesidades básicas hasta que la noticia de su orfandad llegue a la familia de Rocío.

Tiene que irse. De todos los escenarios posibles, el único que está al alcance de su mano es el exilio. Irse sin mirar atrás, como único acto de amor que ese día tuvo lugar en el mundo. Conforme se levanta, la tensión acumulada se desborda de todo su cuerpo y así, temblando, va de nuevo hacia su habitación en donde ya lo espera Rocío, rendida, inconclusa. Suya.

Toma el cuerpo rígido entre sus brazos y avanza pesadamente hasta el agujero que no ha podido terminar. Con cuidado la deposita en el interior, pero ni siquiera logra introducir la mitad cuando los pies tocan el fondo y no pueden adentrarse más. Casi la mitad del cuerpo permanece fuera, y aquella imagen sirve para confirmarle que su plan era imposible. Pero no puede detenerse, ya no hay tiempo para hacer las cosas bien. Deja caer el cuerpo y se aleja sin mirarlo hasta donde dejó la cal: rompe con un cuchillo los dos sacos y procede a verterlos sobre el cadáver.

Entonces lo ve: el rostro de su mujer ha quedado destapado nuevamente, y sus ojos lo miran. Sus ojos son dos promesas de rencor que lo clavan en su sitio y detienen el tiempo y hacen que su vida se precipite en todas direcciones. Pedro grita, pero su voz se atasca en su garganta reseca y no logra emitir sonido alguno. La cal se escurre de sus manos, espolvorea el rostro que lo mira para siempre.

Lo demás es silencio. Todavía atenazado por esa mirada, se arroja de golpe a la calle. Los sacos de cal quedan tirados en el piso de la sala, el mazo yace como un cadáver más junto a la tumba malhecha. Pedro cierra con llave la puerta de la casa. Enciende el coche y quiere pensar en todos los escenarios que pudieron ser para evitar éste, pero no encuentra ninguno; es como si todas las decisiones de su vida se hubieran decantado en ese momento. Como si el hilo invisible del amor se entrelazara con la muerte. Cuando arranca siente su gesto endurecido, como el de las estatuas en un mausoleo.

¿Cuándo termina un homicidio? No es un momento preciso en el tiempo. No es un cuarto cerrado, una casa abandonada, un auto que huye a toda velocidad por la autopista del norte. El final de un homicidio es una herida que se abre hasta devorar a todos los seres amados, y se carga durante décadas hasta volverse cicatriz en la memoria de los pueblos.

A veces me he preguntado si estas muertes quisieron ser advertencia del dolor que venía. Me pregunto si, de haber escuchado con atención, la muerte de Rocío pudo revelarnos un significado más profundo que explicara todas estas muertes, todos estos cadáveres abandonados sin cal y arena. De haber sido así, ¿habríamos actuado en consecuencia? ¿Habríamos protegido lo que amamos?

Mientras escribo estas líneas una lluvia que no termina de lavar la sangre golpetea la ventana de mi cuarto.

Sur, 2005

Te imagino nervioso, Jorge. Dormiste mal, y una punzada en tu cabeza te mantiene disperso, como si una parte de ti no lograra desprenderse enteramente del sueño. Las curvas de la zona de La Higuera son muy pronunciadas, pero las has recorrido durante tanto tiempo que no podrías marearte como cuando eras niño y viajabas a Tlayolan con tu padre. A tu derecha, Antonio habla con familiaridad, con el tono despreocupado de quien tiene todavía todo por delante. Aunque no lo tiene. Antes de subirse al coche le has explicado el plan completo. Sólo es cuestión de llegar a Pihuamo, recoger los documentos del Monza, y regresar a casa para cerrar el trato. Volverán antes del mediodía. Se lo dijiste con la sonrisa amigable que has tenido desde niño y que te sacó de tantos apuros. Esa sonrisa que la gente dice que es tu mejor atributo. Tu mayor arma.

Te remueves un poco en tu asiento. Sientes la cacha de la pistola clavándose en tu cadera, pero no tienes tiempo de acomodarla porque se daría cuenta de que la llevas y eso no lo puedes permitir. Tratas de no pensar en la molestia y te concentras en Antonio, que te habla de su trabajo, de sus amigos, de su familia, como si se conocieran de toda la vida, como si fueras su amigo y no un desconocido que se le acercó apenas unos días atrás para venderle un auto. Tu auto. Tu auto que es una navaja que troza la carretera libre a Pihuamo. El parabrisas exhibe diminutas manchas de tierra que no alcanzaste a limpiar y eso te molesta porque todos los días limpias tu coche por las mañanas, con disciplina militar, y ese día el malestar no te dio tiempo suficiente. Te sudan las manos. Te preguntas qué diría tu padre si te viera ahora, si supiera a dónde vas, con quién vas, lo que estás a punto de hacer. Carraspeas. Sabes perfectamente lo que te diría: "Uno no vive como quiere, mijo. Apenas nos da chanza de vivir como se puede". Te lo dijo siempre.

En el camino han escuchado rock en inglés. Escucharon a Pink Floyd, a Saxon, a Deep Purple. Estoy seguro de que, apenas subirse al carro, mi tío Antonio te sorprendió con su estuche para CD y te dijo que quería "calar el estéreo". Das un trago a tu lata de cerveza y sientes que las notas se compenetran contigo. A pesar de que no es la música que frecuentas —te gusta más la banda, o los grupos norteños que tu mujer pone en la radio mientras atiende su papelería— no te molestan las notas suaves del *Dark Side of the Moon*. Ese día estás dispuesto a dejar que se salga con la suya. Después de todo, ¿no es lo correcto cumplir el último deseo de los condenados?

Tu Monza ataca las curvas como un insecto que sortea las marañas del aire. Escuchas un ligero chillido en las llantas mientras giras a la derecha o a la izquierda en aquellas curvas sin peralte. Hay además otro sonido que te perturba. Una especie de balbuceo que viene de la parte de atrás de tu coche. Es el mofle. Cuando salías de Tlayolan, no viste aquel enorme bache y la parte de debajo de tu carro golpeó con fuerza el pavimento y creíste —ahora lo sabes— que algo le había pasado al escape. Te bajaste del coche y te agachaste para revisar, pero más allá de verlo colgando ligeramente por debajo de lo normal, no pudiste comprobar el daño. Maldijiste. Te llevaste las manos a la cabeza, "ya se salvó este cabrón suertudo", pensaste. Y mientras veías la carretera frente a ti, te dijiste que por algo pasan las cosas y estuviste a punto de cancelar el viaje. Pero Antonio, adivinando lo que había pasado, se asomó también, se arrastró con su destreza de mecánico automotriz y te dijo que no era tan grave. Que él podría repararlo después.

—Ahí me compras unas cervezas pa'l camino y quedamos a mano, ¿sale?

Y mientras subías de nueva cuenta al coche te preguntaste si de verdad serías capaz de matarlo.

El moflero asesinado se llamaba Víctor Espíritu, y vivió toda su vida en el municipio de Gómez Farías, al norte de Tlayolan. Le decían el Pirujo, *porque cliente que le llega a la moflera, cliente que le mete la riata.* Desde principios de 2000, había comprado un pequeño terreno cerca de la colonia Constituyentes, en donde instaló un taller de mofles y radiadores, oficio que aprendió durante sus años en Estados Unidos, cuando era joven. Además de él, en el local trabajaban dos empleados: Elías Arroyo, un vecino de la colonia, y Gustavo Espíritu, su hijo mayor que durante los últimos cinco años trabajó con él y que, la tarde del 19 de marzo de 2005, sin saberlo heredó el negocio.

No nos enteramos de su muerte por la policía, la cual —por cierto— confirmaría casi un año después que en su asesinato constaba el mismo *modus operandi* que en el caso de mi tío Antonio. Nos enteramos el domingo, apenas un día después de su muerte, por los rumores que se esparcieron entre los mecánicos que visitaban nuestra rectificadora. Durante los días de la convalecencia, la mayoría de los mecánicos nos hizo llegar toda clase de noticias —a veces relacionadas, a veces no— de los crímenes violentos de la ciudad y sus alrededores. Aquel domingo, el rumor de que habían encontrado el cuerpo del moflero cerca de Tuxpan nos alcanzó como una enfermedad.

Mi tío regresó a Tlayolan el lunes a mediodía. Su condición, nos dijeron, seguía delicada, pero la cirugía lo había estabilizado y todo parecía indicar que seguiría recuperándose. Ese lunes, cuando fui a verlo, pasó casi una hora consciente, y pudimos hablar por primera vez sobre su incidente. Todavía tenía que esforzarse mucho para hablar, pero al menos la inflamación en su rostro había disminuido y esto me daba cierta tranquilidad. No obstante, los estadios del dolor seguían llegando esporádicamente y lo hacían torcer el gesto.

Contraviniendo a mi padre, a mi tío y mi propio sentido común, el martes 22 de marzo me dirigí a la calle Constituyentes a visitar el taller de los Espíritu. Ni siquiera puedo explicar por qué lo hice. Sabía bien que los trabajadores tendrían poco o nada de información para nosotros y, por otro lado, el impacto de la muerte estaba todavía demasiado fresco. En el fondo, quiero pensar que me movía la necesidad de encontrar a alguien que compartiera conmigo la impotencia, el dolor y la rabia de aquella circunstancia. Un tipo de conexión en medio de aquel evento que me superaba.

Aunque salí de casa temprano, no me decidí a entrar al taller sino hasta mediodía. Durante toda la mañana caminé por la acera de enfrente, contemplando el gran portón metálico que parecía la boca de una bestia mitológica. No dejaba de pensar en las advertencias de mi padre, quien adivinó mis intenciones y no tardó en advertirme que no fuera a "andar de imprudente" —quizás utilizó otro adjetivo menos elegante— metiéndome en la tristeza de los demás. Pensaba también en mi tío, en nuestra breve conversación donde él también me sugirió que mejor dejara las cosas por la paz. ¿Y si tenían razón? ¿Y si mi visita a aquel lugar era un cuchillazo en la memoria de los Espíritu? ¿Qué derecho tenía yo a remover la muerte? Estas preguntas me pesaban y durante más de dos horas me hicieron darle varias vueltas a la cuadra, tratando de reunir valor y razones para entrar y, al mismo tiempo, esforzándome para dejar que mis pies se alejaran resignadamente del taller de mofles. Sin embargo, notar el moño negro que pendía del portón como corolario de la tragedia reciente fue el empujón necesario para decidirme.

Antes de atravesar la calle, suspiré un par de veces y me tallé con fuerza las manos.

Apenas entran a las curvas, Antonio saca un gran sobre y te lo muestra, triunfal. Es uno de esos sobres de plástico transparente que se usan para guardar papeles importantes. Y qué puede ser más importante que el dinero que se deja ver detrás del plástico.

—Los ahorros de toda mi vida, cabrón —dice y vacía su lata de un trago. Luego lo coloca en medio de los asientos y te da una palmada en la pierna. Destapa otra cerveza, ceremonial—. Te lo voy dejando aquí porque de la vista nace el amor. Ahí lo cuentas después. Cuentas claras…

Amistades largas. Aunque no puedes verlo, sientes que el dinero tiene un latido propio, y hasta una gravedad. No es tanto dinero, piensas, pero es suficiente. Suficiente para pagar las deudas más urgentes y también las más peligrosas. Con suerte, podrás comprarle a tu hija algún vestido, una muñeca. Llevarla de vacaciones como prometiste que harías en Semana

Santa. Y aunque sabes lo que debes hacer para obtener aquel dinero, sentirlo cerca te reconforta, te hace pensar que hay una posibilidad de que aquella historia tenga un final feliz. Por lo menos para ti.

—¿Y qué vas a hacer con tanta feria, Yorch? —te dice y te da otra palmada en la pierna. Sus manos pesadas delatan los años que ha dedicado a subir y bajar motores. Manos duras, forjadas por el hambre y la pobreza. Manos como las tuyas.

Te quedas callado un rato, miras la carretera que se borronea frente a ustedes. Piensas. Te sientes como en uno de esos exámenes que odiabas en la secundaria. No recuerdas qué le contaste la última vez. Una gota de sudor resbala hasta tu barbilla. Piensas en las opciones que has barajado con otros hombres que han subido a ese coche. ¿Cuál de todas le contaste a Toño?

—Tengo a mi niña mala —respondes, y lo miras a los ojos para leer su reacción—. Me pidieron unas medicinas... y están cariñosas. Ni pedo, me tocó vender la nave —dices e intentas reír. Antonio tuerce el gesto y asiente ligeramente. Como si de verdad te comprendiera. Pasados unos segundos la presión deja tu pecho.

Ganaste. No sospecha nada.

—Está cabrón. Pero no te preocupes, seguro se va a alivianar. Vas a ver.

Asientes, pero no cantas victoria. El sol sigue subiendo la áspera cuesta de los días y tú sabes que en un descuido todo puede perderse. La luz arde en tu brazo izquierdo, que durante años se ha ido tostando por gracia de aquel sol de mil años. Antonio canta en inglés mientras pone toda su atención en los árboles que se borronean al costado de la carretera. Está tan despreocupado, tan seguro de que su vida es un regalo, que casi llegas a sentir lástima por él. Una punzada de nervios jalonea tus vísceras y te provoca un poco de náuseas. Te limpias el sudor de la frente. "Tranquilo, tú sabes cómo es esto", te dices. Pero también piensas que quizás puedes evitar todo esto. No sabes si quieres matarlo. Te cae bien, es amable contigo. Te ha preguntado por tu vida, por tu familia, y en sus preguntas has notado un interés honesto, como si de verdad se preocupara por tu bienestar. En cualquier otra circunstancia pudieron ser grandes amigos.

Esto te dices, mientras ves que, al pasar la siguiente curva, se dibuja el altar de la Virgen de la Higuera. Han llegado a la mitad del camino. Casi por instinto, pones la direccional y detienes el coche a un costado del altar. Antonio está sorprendido. Cuando apagas el coche, te pregunta si todo está bien.

—Sí, todo bien, compa. Nomás que tengo una costumbre cuando paso por aquí —dices y te estacionas en el espacio que hay junto al altar.

No mientes. Dentro de dos días, cuando mates a Víctor Espíritu, el moflero, llevarás a cabo el mismo ritual. Te detendrás junto a la Virgen de la Higuera, te hincarás frente a ella y golpeando tu pecho le pedirás en el más oscuro silencio que lave todos tus pecados. En unos años, cuando mi padre deje el taller automotriz y empiece a trabajar en una telesecundaria de Pihuamo, recorrerá esa misma carretera todas las mañanas y todas las tardes. En cada uno de sus viajes mirará el pequeño altar y te imaginará hincado ahí, pidiéndole perdón al dios de las balas.

Mi tío se para junto a ti y se persigna, pero tú te quedas hincado durante casi veinte minutos. Quiero que sepas, Jorge, que tu fervor logró impactarlo, y durante los días que siguió vivo y hospitalizado se preguntó —nos preguntamos todos— qué fue lo que le dijiste a aquella figura silenciosa que vela por el bienestar de los viajeros. Cuando mi tío murió, la respuesta nos llegó con tanta fuerza que nos dejó sin aire:

—Perdóname, madre, porque voy a matar a este cabrón.
Antonio no tiene mujer ni hijos. Cosa rara en un hombre
de más de treinta años. "Aguzado, mi cabrón, porque soltero maduro...", le dices apenas te confiesa que nunca se ha
casado. Por fin han salido de la zona de la Higuera y ahora la carretera es una recta que se pierde en un horizonte
embriagado de colores. Antonio destapa otra cerveza y le da
un trago largo y dulce.

—Cómo crees que me voy a casar. Si apenas tengo treinta y cuatro, todavía tengo que terminar la prepa —dice, y su
risa es un pez que se sumerge en todo el aire que los rodea.

Pasado un rato, te confiesa que ha llegado a cierta edad en la
que siente la espinita de echar raíces. Para no andar volando.
Para no sentir que flota en el aire sin ningún lugar en donde
asirse. Por eso se ha dedicado a ahorrar. Había pensado en un
terreno, una casa, o incluso un cuarto en alguna colonia cercana
a la Morelos, donde él vive. Pero tener un techo sobre nuestra
cabeza es demasiado caro y le dio por pensar que quizás tener
un auto fuera un buen comienzo de lo que quiere para el
resto de su vida.

—Vivir siempre es una buena opción. Nomás hay que
elegirla a tiempo —te dijo, y aquellas palabras se quedaron
aleteando en tu cabeza.

Dentro de dos años, en la carretera del este de Durango
donde te matarán a golpes, Jorge, recordarás este momento y pensarás en estas palabras y por primera vez tendrás
que admitir que Antonio tenía razón. Quizás siempre tenemos la opción de vivir, pero nos damos cuenta demasiado tarde.

Sin embargo, en este momento la frase provoca tu resentimiento. "Qué sabe este pendejo", te dices. No todos tienen
la opción de vivir. Tú nunca la tuviste. Tú aprendiste a la mala

que la vida es una fiera y sólo los que le malician logran escapar, a duras penas, de su apetito rapaz.

Ojalá hubieras tenido la opción de vivir cuando eras niño y tu padre te abandonó en la casa de la abuela Marta, aquella señora de cabello cano que te pegaba para despertarte a las cuatro de la mañana y a golpes te mandaba al molino y a golpes te recibía para hacerte saber que no eras su nieto sino un asunto pendiente, apenas un problema más que tu cabrón padre le relegó y que ella no tuvo más opción que aceptar. Porque para ella la vida era eso: recoger las chingaderas de los otros. Porque no todos tienen la opción de vivir. Para algunos nomás queda la mierda.

Pero no tiene por qué ser así, te dices. Tú has sabido abrirte paso entre las heridas del mundo y has encontrado un lugar para la supervivencia. Desde ahí has velado por la vida de tu mujer, de tu niña, que en ese momento estarán en casa descansando, preparándose para las vacaciones del fin de semana de Pascua. Porque se los prometiste, porque ellas sí tienen opción. Una opción que has forjado por años, ensuciando las manos en la sangre y el odio que ahora te obliga a salirte de la carretera y a desviarte en una brecha casi imperceptible. Te detienes en medio de la nada. Una sensación de liviandad te embriaga.

Antonio te voltea a ver sorprendido, entiende que hay un problema y está a punto de ofrecer su ayuda para solucionarlo. Pero tu voz lo inmoviliza, lo rodea completamente como la niebla que recubre las tumbas en la madrugada.

—Ya te cargó la verga, hijo de tu puta madre.

El taller estaba lleno de coches. Junto a la puerta, del lado derecho, habían dispuesto una mesita que ostentaba una imagen de la Virgen de Guadalupe junto a una veladora encendida, ya a medio consumir. Al lado de la vela, una fotografía de un hombre de unos cincuenta años —moreno, con un gran bigote entrecano— me recibió con una sonrisa de complicidad. Desde el fondo del taller, los ladridos de un grupo de perros anunciaron mi llegada. Yo también llamé un par de veces, pero nadie salió a mi encuentro. En el aire flotaba un amargo aroma a aceite quemado, gasolina y polvo. Aquel olor familiar fue de gran ayuda para tranquilizarme. En medio de aquellos ladridos, sentí que me encontraba en un lugar seguro.

Pasaron unos minutos antes de que viera la figura de un hombre asomándose desde la parte trasera del taller. Era un tipo alto, robusto, que me miró con extrañeza y me hizo una señal con la mano para que lo esperara. Luego desapareció detrás de los coches. Me quedé viendo los autos estacionados y me imaginé cuando, apenas unos días atrás, el Monza verde de Jorge Martínez estaba estacionado en ese mismo lugar. Quizás justo frente a mí. Pasé saliva, sentí un hilo de sudor recorriendo mi mejilla derecha hasta alcanzar mi cuello. De alguna manera, ser consciente de que me estaba acercando a él me hizo sentir también que caminábamos en direcciones opuestas. La voz de Gustavo no tardó en sacarme de mi ensoñación.

—Hoy no tenemos servicio, amigo. Tenemos muchos coches atrasados —me dijo, mientras limpiaba el sudor de su frente con un puñado de estopa.

Recuerdo sus manos manchadas de aceite. Las mismas manos que vi en mi padre, en mi abuelo y en mi tío durante toda mi infancia. Recuerdo también las manchas en su ropa, el gesto endurecido por la muerte reciente y aquel ligero temblor en su voz, fracturada por la pérdida. No estaría contento con mi visita, pude notarlo por su gesto. Pero habiendo llegado hasta ahí, no tenía otra opción que hablar con él y preguntarle por el hombre que había matado a su padre. Si lo había visto. Si recordaba algo de él. Si podía ayudarme a encontrarlo.

Alcé la mano para saludarlo y, apenas me la estrechó, me dispuse a explicarle quién era yo y qué estaba haciendo ahí. Durante el minuto siguiente, Gustavo me escuchó en silencio, meneando la cabeza de vez en cuando, con los brazos cruzados y mirándome de arriba abajo. Midiéndome. Le dije la poca información que sabía: que conocíamos las placas del coche, que quizás teníamos una oportunidad de localizarlo, sólo teníamos que esforzarnos, trabajar juntos, para arrancarle aunque fuera un pedazo a la justicia que nos había sido negada.

En este punto, Gustavo colocó las manos frente a sí y me interrumpió definitivamente.

—¿Y quién se lo va a quebrar? ¿Tú? No la chingues, se me hace que no te sabes ni limpiar bien la cola y ya quieres matar a un fulano —me dijo burlón. Aunque sus palabras me herían en el orgullo, pude notar en su mirada cierta mezcla de repudio y compasión que me petrificó—. No, carnal, aquí el problema es que tú crees que tenemos opciones, pero eso es porque no te has puesto a pensar en lo que puedes perder todavía. En lo que ya perdimos nosotros… —su mirada se desvió apenas un instante al pequeño altar de la entrada. Carraspeó—. ¿Sabes qué nos decía mi jefe? "Más vale un mal arreglo que un buen pleito". Era su frase favorita. Se lo decía a los clientes que le querían regatear, porque mi jefe siempre fue rebueno para cobrarles. Y a mí me daba pena que fuera tan cínico. Pero te veo y pienso que a la mejor tenía razón. Cuando estás hasta el cuello de cagada, cualquier movimiento puede terminar de sumergirte.

No dijo nada más por un minuto. Se quedó viendo el espacio que nos rodeaba, el taller que durante años había pertenecido a su padre y que ahora, forzosamente, tenía que heredar él. Todavía insistí con un par de preguntas. ¿No sabía cómo era el hombre? ¿Tenía algún rasgo que lo distinguiera? ¿El coche tenía anotado algún número de teléfono? Pero Gustavo ya no me escuchaba. En cambio, sacudió la mano como tratando de espantar los malos recuerdos.

—¿Sabes que yo le dije que le comprara el carro? En lo que mi jefe le revisaba el mofle, vi el letrero de *Se Vende* y yo fui quien le pregunté por el precio. Estaba muy barato, cabrón. Demasiado barato. Y cuando las cosas son demasiado buenas para ser ciertas, es porque no son ciertas, así de fácil… —apretó sus manos con fuerza, vi las venas marcándose en su piel morena. Sus ojos se enrojecieron—. Me iba a tocar a mí, pero me salvó la Providencia. Yo me iba a ir con ese cabrón para cerrar el trato, pero mi jefe insistió en ir él mismo, dizque para calar el carro… Imagínate, Hiram, si yo fuera contigo y el pinche Jorge me matara a mí también, ¿con qué cara me voy a enfrentar con mi jefe? ¿Cómo le explicaré mi pendeja venganza?

Su voz tembló ligeramente. Se pasó el antebrazo por la cara y, sin decir nada más, regresó a la labor. Sentí que una piedra caía sobre mi espalda. Una parte de mí entendía que aquel hombre tenía razón, ¿qué podía hacer alguien como yo contra alguien como Jorge Martínez, quien ya había matado a un hombre y dejado a otro convaleciente? Quizás yo también me estaba encaminando a mi muerte; quizás, de todos los que se habían encontrado con Jorge, era yo la presa más fácil. Por un momento, sentí el filo de unos dedos atenazando mi nuca. Por primera vez me pregunté seriamente si no era lo mejor renunciar. Mi tío estaba vivo. ¿No era eso suficiente?

Me despedí de Gustavo Espíritu, pero no me respondió. Salí del taller con la sensación de haber hecho algo malo y me sumergí en la tarde de Tlayolan. Atravesé la calle sin fijarme, y un coche se amarró a mi derecha y me pitó. Era un Chevy Monza de color azul.

Mientras se alejaba, el conductor y yo nos mentamos la madre.

—Ya me oíste, cabrón. Ba-bájate del pinche carro o te carga la chingada.

Muerdes tus labios y por un instante es como si saborearas el gusto agrio de aquellas palabras. Están a un par de kilómetros de la carretera, la distancia suficiente para que nadie note su presencia en el lugar, para no tener ninguna visita inesperada. Has avanzado por la brecha durante casi diez minutos con la pistola en la mano, presionando contra el abdomen tembloroso de tu copiloto. Al principio, Antonio pensó que estabas bromeando, pero apenas sintió cómo clavabas tu pistola en sus costillas y fue como si la realidad cayera sobre él como un baldazo de lodo. Tu rostro se transfigura, una mancha de muerte se incrusta en tus rasgos y los llena de sombras.

Cuando Antonio está fuera del coche, da un par de pasos hacia atrás y se queda viéndote. Intenta hablar, pero sólo atina a liberar un par de balbuceos. Tiene las manos arriba, piensa que vas a asaltarlo, que tomarás el dinero que dejó en medio de los asientos y arrancarás tu coche y lo abandonarás ahí, en ese camino de terracería que no conoce. Siente enojo. Todavía no se imagina lo que vas a hacer, no sabe que, en menos de cinco minutos, toda la rabia y aquella vergüenza se transformarán en miedo, nada más que miedo al mirar el cañón de tu pistola observándolo fijamente como un cíclope irrevocable. Tener ese control sobre él te da cierta tranquilidad y te ayuda a regular tu respiración. Todo estará bien, sabes lo que estás haciendo.

Bajas del coche y le ordenas que camine hacia la huizachera. No puedes verlo a los ojos, no ahora. Pero él se queda quieto en su lugar. En silencio, mira hacia ti y escucha todos los gritos, ofensas y amenazas que escapan de tu boca que todavía tiembla. Alzas la pistola y él, en un reflejo, da un par de pasos hacia atrás hasta que su espalda golpea un huizache. Las espinas se clavan en su nuca y en sus hombros, se queja y da un par de pasos a la derecha.

A lo lejos, el rumor de un pequeño arroyo emite una música hipnótica. Alrededor de ustedes, un campo sembrado de hortalizas se extiende como una promesa verde de vida y prosperidad. Y, sin embargo, qué lejana se encuentra la prosperidad de ustedes dos. El sol se esparce sobre todas las cosas con una dulzura inusual, como si aquel momento enmarcara el inicio de un mundo nuevo.

—¡Que te des la vuelta, cabrón! ¡No me mires!

Ordenas, pero Antonio sigue sin moverse. No sabes si no te escucha o si el miedo lo ha incapacitado por completo. Es la reacción normal de alguien que nunca había estado del lado incorrecto de una pistola. Lo has visto antes. Aunque el miedo de este hombre es diferente; para este momento, ya debería haber empezado a rogarte, a pedirte que lo dejes ir, a prometerte que no le dirá a nadie, que ni siquiera va a buscarte... son mentiras, palabras secas que has aprendido a ignorar porque tú conoces bien los caminos que el resentimiento traza en todas las víctimas. Tú has vivido en carne propia las posibilidades del odio y has aprendido a no correr riesgos. A no dejar cabos sueltos.

Pero Antonio no te dice nada. Sus brazos se relajan por un momento a su costado. Su mirada se suaviza y —¿será posible?— por un momento tienes la impresión de que sonríe. Te sonríe como el primer momento en que se encontraron, o como hace unos minutos cuando bromeaban en el carro. Aquélla es la sonrisa de un hombre que se ha resignado a su destino, y es tan dolorosa que no tienes otra opción que alzar tu pistola. Antonio dice algo que no alcanzas a entender un instante antes de que el primer disparo golpee su cabeza y lo haga caer de espaldas en la tierra seca. Con el estruendo, una parvada de zanates pinta cicatrices en la claridad del cielo.

Lo que pasó después lo sabemos todos. Es la historia que mi familia se ha repetido hasta el cansancio, en noches plagadas de insomnio y lunas agonizantes. Pero hay otra historia, Jorge, que nadie nos ha contado. Una historia oculta que sólo tú puedes entregarnos y que se esconde en aquel minuto en que mi tío y tú se miraron realmente y comprendieron lo que eran —lo que serían ya para siempre— el uno para el otro. Por eso escribo estas líneas, para que me cuentes aquella verdad que se reveló un instante antes de la muerte, una verdad que nos pertenece, como nos pertenecen también las últimas palabras que te dijo mi tío. Quiero arrancarlas de tu memoria y dárselas al viento, a aquel laberinto del azar que nos envolvió a todos y que nos une más allá de la sangre.

Te imagino nervioso, Jorge, mientras tu auto rasga el mediodía de regreso a Tlayolan. En tu mano pesa el retroceso de la pistola, y en tus ojos arde todavía la mirada de Antonio cuando se supo muerto y abrió la boca apenas un instante para decirte aquellas palabras imposibles que no le contarás nunca a nadie y que volverán una y otra vez a lo largo de los casi mil días que tardarás en alcanzarlo en la muerte.

—No te agüites, carnalito. Yo te perdono.

Apenas llegué a casa, mi padre me reprocharía por mi visita al taller de los Espíritu. De nada me sirvió tratar de explicarme, decirle que, aunque no había obtenido mucha información, por lo menos teníamos claro que el hombre había utilizado las mismas artimañas para convencer al moflero y a nuestro tío. El hecho mismo de que hubiera regresado a la ciudad para terminar el trabajo era revelador, pues nos decía con claridad que era vecino de Tlayolan, y no una amenaza nómada que venía al pueblo en una embestida de sangre.

Nada de esto era importante. De acuerdo con él, aquella visita obedecía más a mi deseo personal de buscar venganza que a mis declaradas intenciones de encontrar justicia para mi tío, para Víctor Espíritu y para las otras víctimas que no conocía, pero imaginaba desangrándose tras las huellas de aquel coche. No era más que un capricho, el berrinche desesperado de un muchacho ante una situación que lo superaba. Que nos superaba a todos.

Mientras me decía todo esto, no podía dejar de pensar en su pasividad, en la cólera que me provocaba su actitud de "no pasa nada", "todo saldrá bien", "la ley se hará cargo", frases repetidas con la intensa vacuidad de los rezos en un rosario.

—¿Tú crees que hiciste algún bien? Nomás fuiste a embarrarle el recuerdo de su padre muerto. ¿Cómo se te ocurrió, cabrón? ¿Por qué no piensas en el daño que haces?

Su molestia me parecía injusta, la inútil perorata de alguien que se había rendido ante el dolor. Odié su pasividad, su ingenua esperanza de que las cosas se organizarían por sí solas. ¿Es que no había aprendido nada? ¿Es que la convalecencia de mi tío no le había enseñado que lo único que llega por su cuenta es la muerte? Las palabras corrieron hacia mi boca como caballos desbocados.

—¿Y qué hago entonces? ¿Me quedo como mi abuelo, como tus hermanos, como tú, aquí nomás con los brazos cruzados como un pendejo? ¡Y que se quede libre ese hijo de la chingada, entonces!

Me pregunto cómo se veía mi rostro en ese momento, qué clase de mirada clavé con saña en el rostro de mi padre. Lo vi acercarse hacia mí, pensé que me pegaría, pero se detuvo apenas a unos pasos y pareció que cierta luz caía sobre su rostro. Sus ojos vidriados recorrieron mis rasgos como si fuera un desconocido. Abrió la boca para decirme algo, pero su intento se vio interrumpido por el timbre del teléfono y no tuvo más remedio que dejar las cosas así. Cuando se alejó, sentí una satisfacción inédita, como si aquella victoria contra mi padre hubiera sido mi entrada de lleno a la madurez. Por desgracia, mi celebración no duró mucho, pues la sombra afilada de mi padre no tardó en cortarla de tajo.

—Tu tío… ya se nos murió tu tío —dijo, y su boca se llenó de vidrios rotos.

Mientras se acercaba para abrazarme, pude sentir que un gran peso se deslizaba por mi espalda. "Se nos murió tu tío, mijo", repitió mi padre, y fue como si el eco de su voz deslavara cualquier anhelo, cualquier voluntad y cualquier justicia que todavía quedara en el mundo.

Norte, 2012

Una mujer —una sombra casi— se incrusta como una úlcera en el norte del pueblo. Avanza con lentitud, cabizbaja, recogida en sí misma y en el miedo de pensar en lo que pasará en unos minutos cuando llegue al coto de Las Gardenias. Se asoma de vez en cuando por encima del hombro por si alguien la hubiera seguido, pero es imposible. Nadie sabe en dónde está, ha tenido tanto cuidado en eso, en salir a hurtadillas, en cerrar la puerta con calma, como una ladrona, como una intrusa en su propia casa, porque es así como se ha sentido en los últimos años desde que escuchó por primera vez el nombre de Lucero, la amante de su marido.

Son las nueve y media de la mañana de un domingo como ningún otro. El invierno se ha prolongado en las cabañuelas de febrero: la llovizna cae como aguijones helados en su pelo y en su espalda y se estaciona en su garganta y la hace toser. Desde que tuvo cáncer, la más mínima molestia, el más pequeño asomo de una gripe suele complicarse hasta postrarla en cama. Por eso lleva casi tres años con las ventanas y las puertas cerradas, escondida como aquellas princesas de los cuentos que leía cuando era niña, sin imaginar la tortura que era vivir en una torre solitaria. Porque así vive ella: casi sin salir, encerrada en una cuarentena personal tras cuatro paredes que día con día le parecen más cercanas, la dura sustitución de los brazos de su marido y de sus hijos que la envuelven menos de lo que ella quisiera. Cada vez menos.

Se llama Milagros y es mi madre. Si cierro los ojos puedo casi escuchar el sonido de sus zapatos rasgando el pavimento. Sus zapatos negros, de tacón bajo, hundiendo su prisa en el piso húmedo de la calle que conduce a Las Gardenias. Viste con elegancia, como si fuera a una cita importante. En realidad, lo es. Quizás es la cita más importante que ha tenido nunca. Un evento que odia y, al mismo tiempo, ha estado esperando durante tantas noches de llorar en silencio, de masticar la rabia con los ojos aprisionados por el insomnio.

Ese día salió temprano de casa, antes de que se levantaran el marido o sus dos hijos. Antes, incluso, de que los vecinos salieran a caminar al cerro de Las Peñas, o a regar sus jardineras. Dejó una nota en la mesa del comedor: *Me fui con una amiga. Al rato vuelvo*, escribió, y casi al mismo tiempo se dijo: "Como si les importara lo que hago, cabrones". Caminó un par de cuadras y tomó el camión rojo que atraviesa la ciudad de este a norte en una línea recta como el filo de una navaja. Pero no llegó directamente a su destino. No. Se bajó a unas cuadras del centro y fue al jardín a sentarse durante casi una hora. A meditar las cosas. A poner en una balanza todo lo que tiene y todo lo que ha perdido, todo lo que podría perder todavía.

Esa balanza es su vida y el peso del rencor —o de algo parecido al rencor pero que se parece también a la justicia— ha terminado por desbocar toda razón posible. En su brazo derecho lleva la bolsa roja que le regaló papá el día de su aniversario número veinticinco. Una bolsa de piel de borrego que ostenta sus siglas en letras doradas: M&M. En su interior lleva el celular con el que le marcará a mi hermano en unos minutos, cuando haya pasado todo. Lleva también un lápiz labial mate color vino tinto, su cartera, una caja de pastillas para el dolor de cabeza, dinero suelto, un cepillo. Y un cuchillo de cocina.

El fin de semana en que cumplí veinte años Claudia terminó nuestra relación. No había un verdadero motivo, me dijo, me terminaba porque no veía ningún otro futuro para nuestro noviazgo de seis años, y sólo estaba adelantándose a los hechos antes de que el tiempo desgastara lo que teníamos. Me informó que se mudaría definitivamente a Guadalajara y, dado que yo había manifestado mi deseo de permanecer en Tlayolan —por lo menos hasta que terminara mi carrera de Letras—, aquello sólo podía significar nuestra separación. Aunque me dolieron sus palabras, en el fondo la entendí —o creí entenderla— y, luego de mis reproches iniciales, no tuve más remedio que reconocer que tenía razón. No obstante, los dos coincidimos en que el tiempo que pasamos juntos merecía una última escapada por las buenas épocas, una despedida que albergaba la mínima esperanza de arreglar las cosas.

El viernes, apenas llegó a Tlayolan, salimos a dar la vuelta en el Yaris rojo de papá. El plan original era ir a cenar a un restaurante y beber unas copas de vino y, con suerte, acostarnos en algún motel del periférico. Una despedida bonita y memorable para nuestro romance moribundo. Sin embargo, desde que fui por ella, su actitud distante y su poca disposición al cariño me obligaron a rehuir los espacios públicos, así que compré un par de cervezas y me lancé a buscar una zona más íntima para platicar. Motivado por aquel deseo infundado pero necio de reconciliación, encaminé el coche para ir al mirador de El Corralito, aquella zona donde viejos y nuevos amantes se formaban para apropiarse de un pedazo de la noche. Pensé que, por lo menos, su cuerpo desnudo debajo de mí sería una manera excelente de iniciar aquel fin de semana, así como la llegada a la segunda década de mi vida.

Durante todo el camino, Claudia iba seria, mirando hacia el exterior, descifrando quién sabe qué mensaje que los árboles nocturnos desdibujaban a través del parabrisas. En vano intenté preguntarle por su semana en su trabajo en la capital, por los nuevos amigos de quienes sabía tan poco y no me interesaban, de sus expectativas para esa noche. Ella me respondía con monosílabos, esforzándose por mantener una barrera emocional conmigo. Finalmente, mi insistencia la obligó a zanjar su decisión de manera incontestable.

—Tengo que decirte algo, Hiram. Es importante —alzó su mano izquierda y acarició mi antebrazo con la yema de los dedos, como hizo antes durante tantas discusiones para lograr nuestra reconciliación. En aquel gesto yo reconocí el velo sucio de las malas noticias—. Tengo… tengo un novio en Guadalajara. Ya lo sé, escúchame, por favor. Te pido perdón. De verdad, perdóname, traté de decirte antes, pero no supe cómo. Cada vez que venía a Tlayolan y te veía era más difícil renunciar a ti, a este pasado que eres tú y este pueblo. Tenía mucha vergüenza, miedo… no sé… no quería que pensaras…

—No digas chingaderas.

Interrumpí. Su voz estaba cargada de una peculiar claridad. Aquello me parecía un discurso ensayado y, al mismo tiempo, eran las palabras más sinceras que Claudia me había dicho. Conforme sentía el dolor dejando su rastro de espinas pensé que, apenas un par de meses antes, Claudia me había confirmado su deseo de vivir conmigo en la capital, e incluso vimos algunos anuncios de departamentos en internet en donde viviríamos nuestra primera adultez. Un novio en Guadalajara salía por completo de mis expectativas.

Durante los siguientes minutos, motivada por la ingenua confianza que genera el primer amor, Claudia intentó justificarse y terminó contándome la historia de su romance. Me dijo que se llamaba Emanuel y que era supervisor en la empresa de electrónicos donde ella trabajaba. Que era mayor que yo, un ingeniero hecho y derecho y, aunque no era necesariamente guapo ni adinerado, le ofrecía una estabilidad emocional que conmigo era una ilusión.

—Cabrona —dije y mi voz fue un murmullo afilado que se posó en sus mejillas. Entramos en la desviación y el coche ascendió emitiendo un dulce ronroneo, como había ocurrido en tantas otras ocasiones en que subimos juntos. Era casi la medianoche, y el camino estaba solo, lo que me dio cierta sensación de libertad al volante. Sentía mi rostro entumecido, mis miembros atontados daban vuelta a la derecha y la izquierda siguiendo la cadencia del camino, pero yo no estaba poniendo atención. Claudia me seguía hablando de cómo aquel hombre desconocido para mí había logrado colarse tan profundamente en su corazón sin que yo me diera cuenta, y yo sólo podía sentir una punzada en la cabeza, un calor que nacía en mi estómago y se propagaba lento e inevitable por el resto de mi cuerpo.

Era el momento de dejar atrás "nuestro asunto". Lo dijo así, como si fuera algún tipo de negocio. Estábamos en una nueva etapa, éramos jóvenes adultos adquiriendo cada vez mayores responsabilidades, había que mirar nuevas expectativas, nuevas posibilidades a futuro. Ojalá pudiera sentirme feliz por ella, porque su vida en Guadalajara por fin había tomado raíces y, tal y como estaban las cosas, pronto tendría el hogar y el futuro que había soñado y que yo —se lo dije tantas veces— también soñaba para ella.

Aceleré. Las llantas se quejaron en el asfalto mientras el coche subía inmutable al mirador. Más que enfadarme, me aterraba darme cuenta de que frente a mí había una mujer nueva, una mujer adulta que en nada se parecía a la novia que tuve desde el primer semestre de la prepa. La misma mujer con quien había hablado de matrimonio, hogar, hijos: vida, pues, como se habla de emprender un viaje a la luna. Aquélla era una mujer madura, y verla por fin desprendiéndose de mí me llenó de un miedo desconocido, que no sabía manejar. Me repetía que era normal. Era lo esperado. Por la edad, porque ella era una mujer guapa en Guadalajara. Porque la vida sigue y el amor está en todas partes. Estas razones tenían todo el sentido del mundo, y de buena gana hubiera querido aceptarlas, hacer lo correcto y llevarla a su casa, desearle suerte, y no verla más hasta sanar.

—Cabrona —dije y mi voz fue una avispa que la aguijoneó en el pecho.

Pero en ese punto no pude pensar en nada de esto. Me asomé a través del parabrisas y pude ver que el mirador se dibujaba frente a nosotros. Se me ocurrió pensar que quizás a mí también me esperaba un final distinto. Quizás, si llegaba a donde se juntaban aquellos otros autos y aquellas otras parejas, podría proponer una solución para aquella ruptura que se había internado en mi vida de forma tan inesperada. Quizás podría salvar el rescoldo de aquel amor.

El Yaris atacó las curvas que siguieron con temeridad. Claudia me dijo que fuera más despacio, que lo mejor era regresar al pueblo, retomar la conversación al día siguiente, cuando estuviera más tranquilo. Pero yo no la escuchaba. Sólo podía imaginar su cuerpo amado desnudándose en otra habitación, alistándose para la piel de otro, un desconocido que era a todas suertes mejor que yo. Los faros escupían sus luces amarillentas sobre la oscuridad, el viento del exterior no me dejó escuchar con claridad su voz que se había reducido a una súplica. Claudia se recogió en su asiento y se hizo pequeña, envolviendo su cuerpo con los brazos como una niña esperando que le pegaran. Al verla en esa posición yo debí sentir algo, una punzada de arrepentimiento, un momento de lucidez que debió de ayudarme a frenar, a pedirle disculpas, a dar la vuelta y volver a casa, a nuestras vidas como amigos porque lo más seguro es que hubiéramos podido serlo.

Pero el acelerador estaba tan blando, la cuesta era tan suave y el coche avanzaba sin problemas dando vueltas a izquierda y derecha, y el silencio a nuestro alrededor era tan puro. Tan verdadero.

No es un cuchillo grande. Tampoco pequeño. Tiene el tamaño exacto, justo lo necesario para atravesar las seis capas de piel, grasa y músculo que tiene el abdomen y hacer daño. Quizás, con un poco de suerte, sea suficiente para matar a una persona, si la persona es delgadita, o atlética, como se ha imaginado a Lucero durante los años que ha sabido de su existencia. Es, además, el mejor símbolo de su casa, de su lugar en el mundo, casi: la esposa, la ofendida, la víctima de la infidelidad del hombre que (quiere pensar que aún) ama. Siente el golpeteo de los objetos en su bolsa y, por un momento, se imagina que el cuchillo es una serpiente que se remueve en sus propias entrañas, propiciando la tentación.

La puerta del coto es alta y, como todas las fronteras entre este mundo y el otro, está resguardada por un guardia. Es un sujeto bajito, delgaducho, que se parece a los migrantes que han venido en hordas desde Oaxaca, Chiapas y Guerrero a trabajar en la siembra de berries. Le pide una identificación, pero ella ha tenido el cuidado de no llevar nada que revele su identidad, la dirección de su casa, donde vive su familia.

—No la puedo dejar pasar así, señora —interpela el joven, excusándose.

—Ay, mijo —le dice, con el tono dulce que usaba veinte años antes para convencer a sus hijos de que hicieran su tarea, le ayudaran en las labores de la casa, o la acompañaran a algún mandado—, vengo de tan lejos, si supieras. Sólo quiero hablar con la licenciada Domínguez, me dijo que viniera a verla el domingo a las nueve, y ve, ya casi es hora —dice sorprendida de su propia capacidad de mentir sin torcer el gesto, sin ningún tipo de remordimiento.

El muchacho la mira de arriba abajo. La mide. Él sabe lo que es viajar de una ciudad a otra sólo para encontrar una puerta cerrada. Él habría querido encontrar un guardia comprensivo como él, que no lo obligara a volver en el camión hasta su pueblo y dar la vuelta al día siguiente o unos días después. No es la primera vez que deja pasar a alguien al coto sin identificación. Además, aquella mujer le recuerda a su madre. Es la viva imagen de todas las madres que conoce y que no matarían ni una mosca.

—Ándele pues, seño —dice y le entrega un gafete de visitante—. Me lo regresa cuando salga.

—Muchas gracias, mijo —dice y le sonríe y aquélla es la sonrisa limpia de los que aún no han visto sangre en sus manos.

Da un paso y no puede evitar detenerse. Contempla la puerta que se extiende frente a ella y siente el último resabio de su lucidez —o lo que ella ha pensado que es su lucidez, pero que se parece demasiado a su dejadismo, su pinche incapacidad de actuar por su propio bien— luchando por evitarle problemas. Al mismo tiempo, el rostro de Lucero se cincela en su imaginación, tal y como la vio hace un par de meses en la fotografía que encontró en el teléfono de su marido. Aprieta los dientes, una punzada sacude su corazón. Sus pasos abren cicatrices en el concreto de aquel coto de casas bonitas. "No te matará mi mano, te matará toda mi vida, perra".

Y se introduce en el sitio con aires de profanación.

El día que cumplió veintisiete años, Rocío Vargas se compró un arreglo de flores. Era mediados de diciembre, faltaban pocos días para la posada en el kínder y se le ocurrió que era la oportunidad perfecta de autorregalarse algo que traería también color a su aula y a su institución. Así que dejó a sus hijos en casa de su mamá y fue ella sola a uno de los puestos de la calzada Madero y Carranza. Una vez allá armó un arreglo lleno de gerberas, geranios, rosas y un ave del paraíso, corona vegetal que emergía de aquella explosión de flores como si en verdad estuviera lista para emprender el vuelo.

No se lo comentó al marido. A él no le habría gustado la idea. En sus poco más de cinco años de relación con Pedro, había recibido muy pocas flores. "¿Para qué queremos algo que se va a morir?", le decía él cada vez que alguien le ofrecía un ramo y se negaba a adquirirlo con un gesto malhumorado. Y a ella esta justificación le había parecido, siempre, sensata y práctica, como le resultaban todas las cosas que hacía él. Pero aquella mañana de diciembre, después del abrazo que le dieron los hijos y el propio Pedro, después de escuchar las mañanitas que cantaban el rey David, el mariachi en la grabadora y aquella familia que amaba, la ilusión de ver un ave del paraíso —su flor favorita— en su escritorio pudo más que su prudencia y su buena administración.

Sostuvo el arreglo a la altura de su rostro y el aroma dulce de las plantas fue un simulacro primaveral que se instaló con firmeza en su corazón. Sonrió satisfecha: aquel ramo era justo lo que quería. No. Era lo que merecía. Le pagó a la señora Yolanda —quien todavía atiende la florería Ordóñez— y le pidió que enviaran el arreglo al jardín de niños, a nombre de la maestra Rocío.

Yolanda le preguntó si quería que llevara alguna tarjeta de felicitación. Rocío respondió:

—Póngale algo bonito, es para el cumpleaños de alguien que quiero mucho.

Cuando llegó al kínder colaboró con sus compañeros en la organización y limpieza de las aulas, de cara a las vacaciones de invierno. No vio a Pedro inmediatamente, pues él comandaba el grupo que se dedicó a pintar las jardineras y a podar los arbustos y los árboles de la escuela.

Hacia las once de la mañana, hora en que todos se encontraban todavía trabajando, un repartidor llegó en una moto Kawasaki. Se internó hasta la dirección con el arreglo en sus manos y preguntó por la maestra Rocío. Le informaron que estaba en el aula de 2.°A. El repartidor avanzó rápidamente a través del kínder que olía a pintura y a tierra húmeda. Vio el pequeño mural de insectos y animales caricaturescos que adornaba la pared lateral del aula de Rocío y, cuando llegó a la puerta, se dio cuenta de que la maestra no estaba en el lugar. En cambio, había un hombre moreno, de complexión fuerte, que se llamaba Pedro y que dijo ser su marido.

El joven entregó el arreglo: "Es para la maestra Rocío", dijo mientras lo depositaba en el centro del escritorio. Luego se retiró de regreso a la florería. Pedro se quedó con el arreglo. Lo miró durante el par de minutos que permaneció solo en el aula. Debió haber analizado las flores: las gerberas, las rosas, los geranios y el ave del paraíso le dejaron claro que, fuera quien fuera el remitente, conocía perfectamente los gustos de su mujer. Tomó la tarjeta blanca de felicitación y leyó un mensaje que nadie más, ni siquiera Rocío, llegó a leer, pues Pedro se guardó aquel papel en el bolsillo de la camisa.

Debió sentir el calor subiendo a sus mejillas, cruzó los brazos frente a sí y fijó la vista en aquella flor alada. Distraído por las voces de su mujer y las otras maestras, dejó escapar un gruñido casi imperceptible cuando vio que Rocío entraba al salón. La vio guapa, rejuvenecida en su cumpleaños. Tan bella como la mujer de otro.

Rocío lo miró con gesto dulce, luego vio las flores en la mesa.

—Ay, Pedro, no te hubieras molestado —dijo, con sorna, para provocar en su marido una sonrisa de complicidad. Pero Pedro no respondió.

—No las compré yo, te las ha de haber mandado algún admirador —dijo y, sin esperar respuesta, caminó hacia la salida.

Las maestras y Rocío se reirían de la reacción del hombre y hablarían al calor de las flores sobre ése y otros regalos que una debería recibir en sus cumpleaños. Ella les diría que las tuvo que comprar ella, que fue idea de su hermana: "Tú te ganas tu dinero, Rosy, no necesitas quién te compre las cosas que quieres". Y luego volverían a hablar sobre los pormenores de la escuela, sobre las vacaciones invernales, los pendientes que pasarían al año entrante. Sería un día de sonrisas, abrazos, y un pastel de zanahoria. El favorito de Rocío.

Pedro siguió en los jardines, podando con sus grandes tijeras, arrancando malezas, aplanando la tierra mojada. Nadie le revelaría el origen de aquellas flores: ni Rocío, que pensó que se trataba de un asunto trivial, ni los compañeros maestros que lo olvidaron pronto. Aquella ave del paraíso habría de revolotear en su cabeza durante las siguientes semanas hasta el día en que cambió el milenio.

Sin darse cuenta, el abismo ya lo miraba.

La primera vez que vio su fotografía, en el celular de papá, se preguntó cómo había podido su esposo conseguirse una mujer tan joven. En la foto llevaba una blusa blanca de resaque, estampada con flores diminutas. Sus cabellos negros, alaciados con el esmero de una mujer enamorada, depositaban su filo oscuro en sus hombros morenos. Un brazo, que salía de la parte derecha de la fotografía mal recortada, la rodeaba por la espalda. ¿Sería de su marido? ¿Algún amigo o quizás el mismo novio de Lucero? Imposible saberlo así, en una sola imagen. No quiso —o no pudo— ver más. Su primera intención fue arrojar el celular al piso, o tirarlo lejos, a la calle, fuera de su vida y de su memoria. Pero otro impulso malsano —el mismo que la llevó a tomar el celular en primer lugar— la forzó a guardarla, a enviársela a su teléfono y dejar el celular de su esposo en donde lo había encontrado.

Se cuelga el gafete en el cuello y lo mira por un momento. Tiene el número 027. Cuando estuvo en el hospital de la Ciudad de México, después de su primera neurocirugía, su cama era la 5027. Sacude la cabeza; no cree en las coincidencias, pero si las hay en el mundo ésta es una de ellas. ¿No le ha abierto la cabeza aquella mañana también para dejar un cáncer que se ha propagado por su mente, por su cuerpo, por su corazón? Al llegar a la primera esquina deja la calle Gardenias y da vuelta a la derecha, para tomar Azaleas. Aquélla es la calle de Lucero, lo sabe bien pues se lo ha contado su cuñada, la única aliada que tiene hasta el momento y que le ayudó en aquel acecho que se prolongó por meses, buscando una mujer que bien podría ser un fantasma.

—Ve y chíngatela, Milagros —le dijo su cuñada, el día que le entregó los datos de Lucero. Había rebuscado en la libreta de direcciones del taller de la familia, buscó minuciosamente durante cada ausencia de papá, e incluso interrogó ella misma a sus hermanos, "alcahuetes" que no entendían en dónde debía estar su lealtad—. Que sepa la cabrona que en esta vida todo se paga.

Todo. También ella pagará por lo que hará con Lucero. Por eso sus manos están entumecidas. Por eso cada paso que da le trae repulsión y gozo, el mismo cosquilleo en el estómago que le provocó ver a su esposo hace tantos años, en la época olvidada en que se miraban a los ojos y construían el amor ingenuo y frágil de los muchachos. ¿Qué desamor se puede vivir a los quince años? Se aprieta las tripas para calmar los cuervos en el estómago. "Ya casi llegas, tú puedes", se repite mientras se deja conducir por la tenacidad de sus piernas cortas y regordetas.

Mientras avanza revisa los números de las casas: 19, 21, 23… A esas horas las pocas personas que ve en la calle están subiendo a sus autos en familia, para emprender algún paseo afuera de la ciudad. Los ve hermosos y felices en un día de campo, desayunando en algún restaurante, riendo una risa limpia que a ella se le ha olvidado. Hace mucho que ella no sale con sus hijos, con su marido. Están siempre ocupados en el trabajo, en la escuela, con las novias, con la amante… ¿Y ella? ¿Qué ha hecho ella durante estos años? ¿Se ha esforzado lo suficiente? Quizás no ha estado atenta a su esposo, ha dejado de ser cariñosa, de complacerlo en lo que quiere de ella y que ha tenido que buscar en otras mujeres. Debe tomar su parte, se dice, y nuevamente siente que su voluntad flaquea. Las cosas no tienen que ser tan difíciles, quizás queda aún la posibilidad de un mejor final.

Pero ha llegado demasiado lejos para detenerse. Contra su sospecha inicial, mi madre había recibido la información de Lucero con emoción, y el consejo de "hacerla pagar" ya se había incrustado en su pecho lleno de heridas. A partir de ahí fue cuestión de perder la vergüenza, de mentirles a sus hijos sobre lo que hacía cuando salía sola pues, aunque aseguraba ir a reuniones con sus amigas, o a caminar al cerro para mantener sus pulmones asmáticos, en realidad aprovechaba aquellas tardes para pasear por el coto Gardenias, para imaginarse los pasos de Lucero ensuciando aquel espacio bardeado con su juventud y su sinvergüenza.

Casi a la mitad de la calle se detiene. A su izquierda hay una casa blanca, de dos pisos, idéntica a la mayoría de las casas que se extienden por toda la calle. Cuando la mira, siente un cosquilleo que nace en la punta de sus dedos y sube a todo galope por sus venas para depositarse en su bolso, en donde yace aquella otra extremidad metálica que la llama con el magnetismo terrible de la justicia. Piensa en sus hijos. A esa hora, Julio está jugando futbol a unas cuadras de su casa; Hiram está dormido, como todos los domingos por la mañana. Imagina lo que pensarán cuando se enteren de lo que hizo, de lo que está a punto de hacer. De su marido no se acuerda, no quiere pensar en él ahora.

Hay poca gente alrededor. Es mejor así, piensa, mientras mira el timbre que fracturará su vida. Imagina a Lucero abriendo la puerta, sus ojos manchados por la sorpresa de ver a aquella desconocida en el umbral. Piensa que le gritará entonces, tan fuerte que los vecinos escucharán y lo sabrán todo: el engaño, la sinvergüenza, el odio, que se manifestarán en el pequeño cuchillo de cocina que es también su casa y se tornarán en una punzada y un dolor en las entrañas de aquella mujer joven y fea, para pronto correrse en una mancha de sangre que cubrirá su mano y su bolsa y sus ropas y toda su vida.

Piensa, y sus pies afilados avanzan hasta la puerta blanca.

Pasamos junto a los primeros coches estacionados y nos adentramos aún más en la brecha, hacia el bosque en donde meses después vería a mi primera chica muerta. La idea empezó a garabatearse en algún lugar más allá de mi conciencia. Primero fue sólo una palabra, el eco que uno escucha cuando está solo en la oscuridad y que finge no haber oído, por pudor y cordura. "Hay que matarnos". Si ya todo estaba perdido, si no había otra manera de estar juntos, quizás nuestra única solución era un pacto de sangre definitivo que inmortalizaría nuestro amor. Aspiré profundamente. Me dije que estaba loco. El viento penetró en mis pulmones como un mal sueño.

¿Cómo decírselo? ¿Cómo hacerle una propuesta semejante si estaba claro que ya no me amaba, que había madurado, que había encontrado a otro que la hacía feliz?

¿Cómo decirle algo así a alguien que ama su vida? Volteé hacia ella y, al verla tan empequeñecida, sentí un odio que nacía en ella y se depositaba en mis brazos y en mi cuello, tensos como un arco. Lancé mi mano contra su pierna y apreté con fuerza y no me importó escuchar que se quejara.

Seguimos adelante. Junto a mí, Claudia seguía recogida sobre sí misma. Como una criatura minúscula. El camino se abrió frente a nosotros como un precipicio horizontal. Las estrellas eran millares de ojos juzgándonos. Aspiré nuevamente y puedo jurar que aquella negrura tenía un aroma distinto, peculiar, un aroma que no he vuelto a percibir en toda mi vida y que era cercano y familiar como la muerte. Fue en ese sitio donde detuve la marcha. Puse el freno de mano y apagué el motor. Sacudí la cabeza por unos segundos y, sin sacar las llaves, salí del coche.

—Hiram… —su voz era una vela a punto de apagarse—, Hiram, ¿a dónde vamos?

En aquel punto terminaba el camino pavimentado y, hacia adelante, se abrían la brecha y el bosque. Nos quedamos parados a media carretera, temblábamos de frío y de miedo y de ira y de incertidumbre. Mirando el camino que se descubría ante nosotros comprendí. Comprendí que había algo más allá que me estaba llamando, un abismo que era sólo mío y que me atraía con una fuerza espeluznante. Aquel temblor en mis manos me llamaba a actuar. Abría y cerraba los dedos, sentía un dolor en los brazos, en el estómago, en el pecho que demandaban una satisfacción que no me atrevía a nombrar. Vi la cabina del coche y, en su interior, una sombra que se removía pensando quizás en qué decirme, qué hacer, cómo liberarse.

Debió ser en ese momento que comprendí lo que estaba pasando. Hacia mi derecha había un despeñadero en el que se dibujaban las primeras luces de los pueblos de San Sebastián del Sur, Gómez Farías y Tlayolan. Delante de mí, la noche abría sus fauces con sensualidad. Mis manos temblaban, mi rostro estaba caliente y sentía como si mi lengua se hubiera inflamado y me impidiera respirar. A nuestro alrededor, el sonido de los animales nocturnos se conjugaba en un solo aullido. ¿Qué estaba haciendo? Me pregunté, ¿por qué había conducido hasta ese lugar con Claudia? ¿Iba a pegarle? ¿Quería que me pidiera perdón por haberme engañado? ¿Para qué?

No tenía más opción que dejar que se fuera. Decirle que todo estaba bien entre nosotros con la esperanza de que, en unos meses, pudiera alegrarme por ella y por lo que lograría con su nuevo hombre. Era lo mejor. Lo mejor era ir hasta el lado del copiloto, pedirle disculpas por el susto e irnos a casa. Esto me repetí, mientras mis pasos se incrustaban en la tierra seca, sembrando un odio incomprensible. Me lo repetí también cuando llegué a su puerta y la abrí con fuerza, con tanta fuerza que me golpeó la pierna y me hice un morete que me duró varios días. Y me lo repetí mientras me agachaba hacia ella para jalarla fuera del auto.

—¡Estás loco, cabrón! ¡Pinche loco! —el grito de Claudia me llegó como un martillazo en la cabeza, me detuvo apenas el tiempo suficiente para que me rompiera la botella vacía en la cabeza, haciéndome una cortada en la ceja que pronto me manchó de sangre.

Adolorido, me alejé del coche y caminé sin dirección, enfurecido, presa de una rabia visceral y familiar que rompió cualquier clase de encantamiento que nos hubiera envuelto esa noche.

—¡No mames! ¿Qué me hiciste?

Grité, mientras limpiaba mi rostro con la manga de mi camisa, el dolor no tardó en propagarse. Escuché cómo Claudia encendía el coche y arrancaba en reversa. Poco después, a unos cuarenta metros de donde estaba, dio la vuelta y emprendió el regreso a Tlayolan, dejándome solo en medio de la nada.

Las calaveras del coche que se alejaba se me figuraron como los ojos de algún animal nocturno, perdiéndose entre las curvas del camino a casa. El frío me mordisqueó a través de la ropa. A mi alrededor, los insectos continuaron con su orquesta metálica e inmisericorde. No dije nada. No la maldije y, aunque mi celular tenía señal, no hice el intento de llamarla. Caminé de regreso a casa, tropezando de vez en cuando con las piedras sueltas del camino. Cuando por fin llegué junto a los otros coches sentí las miradas de los pasajeros clavándose en mí, pero ni siquiera los volteé a ver. Mi vista se mantuvo encajada en el camino durante cada hora necesaria para volver a casa.

No volví a ver a Claudia en semanas. Uno de nuestros amigos en común me llevó el coche a la mañana siguiente. No supe —o no quise saber— si ella le había contado lo que ocurrió. La última vez que nos encontramos —a plena luz del día, en un café— me miró avergonzada, como una niña que ha entendido algo sobre el mundo que no quería saber; supongo que yo la miré igual. Nos abrazamos llorando y, en ese punto donde estábamos, nos despedimos por última vez.

Han pasado años desde ese día en la carretera. He visto fotografías de su boda, de su primer y segundo hijo y he querido reír con ella de los buenos momentos que pasamos ahora que todo está bien. Pero algo en el fondo me ha impedido contactarla, algo que aún no puedo poner en palabras pero que me cubre por completo como una mancha imposible de borrar.

Mi madre recordará toda su vida el momento en que se detuvo frente a la puerta de Lucero. Recordará los nervios crispados, el ardor en el estómago, los labios que tiemblan mientras respira agitadamente y mira a su alrededor, tanteando las salidas a su alcance en aquella calle que se cierra en todas direcciones. Recordará el auto azul que pasó detrás de ella y tocó el claxon, la mano de alguien que la saludó como si la reconociera o creyera reconocerla. Recordará el aroma del pasto húmedo de rocío. La silla metálica que reposa en el umbral de la casa vecina. Su mano que se alzó para tocar el timbre pero, antes de alcanzar su destino, se detuvo ante la puerta que se abría ante ella para dejar salir la figura de Lucero, alta en el aire alto de aquella mañana sin nubes.

Frente a frente, las mujeres se miran por un momento. No pasan más de tres o cuatro segundos durante los cuales la sorpresa, el miedo y la determinación se cuajan en el espacio que se tensa entre ellas. Las palabras se pierden en la garganta de mi madre, sólo queda la impresión y el rostro de Lucero que se trastoca en un instante y deja escapar una ira vieja, madurada durante meses o años.

—Hija de la chingada, ¡así te quería agarrar!

La mujer se abalanza contra Milagros. Sus manos se mueven en una cadencia que podría recordar el aleteo de ciertas aves de rapiña. Golpean con fuerza el rostro de mi madre, que se achica tratando de tolerar aquel embate. Nunca ha peleado, no puede hacer otra cosa que alzar sus manos y sacudirse los golpes. Por un momento, parece una niña absorta en un inusual juego de palmas. Quiere reír, llorar, gritar, pero nada de esto ocurre, no tiene tiempo y la otra mujer apenas le permite defenderse: "Perra, ¿por qué no te has muerto?", grita Lucero. El cuerpo de mamá se sacude mientras camina hacia atrás. Sabe que caerá de un momento a otro y es en este punto que siente su bolsa sacudiéndose en su brazo derecho.

Comprende lo que tiene que hacer. Si no se apresura perderá su oportunidad. Si no se apresura todo aquel día será en balde. El rostro de Lucero es una mueca de odio y repulsión cada vez más cercana a su rostro, que le grita *puta*, *pendeja*, *perra* mientras la empuja hacia la calle. Mi madre toma fuerzas de toda su vida, y cerrando los ojos alza el bolso con ambas manos y empieza a golpear a Lucero con él.

—¡Toma, hija de la chingada! ¡Ya no voy a ser tu pendeja! Y la golpea con fuerza en los brazos, en el estómago, en el torso. A su alrededor, algunos vecinos curiosos han salido de sus casas y se asoman para ver a las mujeres que pelean. Un viento de justicia acaricia sus frentes sudadas. Son dos iguales batiéndose por algo más grande que un hombre que ahora les parece tan pequeño, tan demasiadamente común en aquella mañana que ha enfrentado una vida contra la otra. Un golpe de suerte es todo lo que se necesita para inclinar la balanza y, de repente, ocurre cuando Lucero tuerce su tobillo en el jardín frontal de su casa y cae con una mueca, emitiendo gritos de un dolor genuino.

La ruina es un naufragio colosal. Mientras la ve derrumbándose en la tierra húmeda de su jardín, mamá mira sus labios, su frío gesto tirano, y piensa en ciertas estatuas que caen en silencio en las arenas infinitas: dos piernas en el desierto, de piedra y sin tronco. Está ahí, a su merced. Mamá siente que por primera vez en su vida las cosas se acomodan a su favor, que la justicia es algo que tiene nombre y cuerpo y en este momento se amoldaría a sus manos. Mira la bolsa que late en su brazo derecho. Siente sus brazos calientes, adoloridos, llenos de diminutas heridas que trazan caminos de redención en sus antebrazos y en sus manos. Piensa en sus hijos, en el que está dormido, en el que está jugando futbol. Quiere verlos. Abrazarlos. Contarles su hazaña. Decirles que todo va a estar bien. Que su madre ha salido y que ha triunfado y ahora regresa a casa a reclamar lo que es suyo. Su vida. Su vida entera.

Mamá todavía se permite reír cuando alza su bolsa y golpea a Lucero un par de veces.

—¡Ándele! ¡Ándele, por cabrona!

Y por un instante le parece que también Lucero sonríe en el piso; aunque es imposible, la recordará sonriendo desde el pasto. El encanto dura un instante, pues pronto unos brazos grandes, masculinos, toman a mamá de la cintura y la jalan hacia un costado. Cae de nalgas en el concreto, desde donde observa a uno de los vecinos aproximándose a ayudar a su enemiga.

—Agarren a esa hija de la chingada, ¡es ratera! —grita Lucero, quien sostiene su tobillo herido y se lo toma con dolor en el piso.

Pero los pocos vecinos que acudieron tardan en reaccionar, atentos como están en ayudar a la caída, a la licenciada Lucero Domínguez que ahora se esfuerza en ponerse de pie. La que no tarda es Milagros, quien al ver el pequeño cúmulo de gente que se está acercando, comprende que no tiene mucho tiempo, que lo que haga o deje de hacer en los próximos minutos será crucial para asegurar su escape, su libertad.

Se levanta como puede del piso, recoge su bolsa y corre calle abajo, hacia donde está la salida. A sus espaldas escucha a la gente que apenas se da cuenta de su huida. "¡Es ratera!", grita Lucero, todavía en el piso, y mi madre reacciona. Toma el celular y marca el número de su casa. Da vuelta a la derecha, corre hacia el portón cerrado, y mira fijamente al joven chaparrito que está sentado en una silla metálica, con la cabeza gacha, adormilado después de velar toda la noche. El timbre suena un par de veces. Buzón de voz. Maldice entre sus jadeos. Corre un poco más. Frente a ella, a unos cuantos metros, los autos pasan con un ronroneo; avanzan lentamente en la mañana de Tlayolan. Marca de nuevo. El teléfono suena un par de veces, sin éxito. A sus espaldas, el eco de una voz resuena más allá de su conciencia. Llega hasta donde está el guardia y se despide con un movimiento de cabeza. Adormilado, el muchacho la mira, extrañado por sus jadeos, por los rasguños marcados en su cara, por el sudor que dibuja un semicírculo en su pecho. Pero no le dice nada, no tiene tiempo siquiera de detenerla.

Finalmente, la tercera vez que marca, escucha a mi hermano, que responde el teléfono con su habitual parsimonia. Al oír la voz de su hijo, mi madre sonríe. Su voz es al mismo tiempo una llamada de auxilio y una carcajada.

—¡Mi niño! ¡Mi niño, vengan por mí, por favor! ¡Apúrense, me golpearon!

Y, antes de colgar el teléfono, siente el gafete que se bambolea en su cuello húmedo de sudor. Se lo saca por la cabeza mientras camina calle abajo, mira el número 027 que parece borrarse en el papel húmedo y antes de tirarlo al suelo deja escapar una carcajada que se escurre dulcemente de su boca hasta el final de sus días.

Oeste, 2000

A una cuadra de la plaza de Tlayolan se encuentra el hotel Flamingos. Es uno de los pocos edificios del centro, cuya arquitectura conserva la nostalgia de los inmuebles ochenteros que sobrevivieron al terremoto de septiembre. No tiene el mismo pasado de otros hoteles, como el Zapotlán, donde se hospedó Pablo Neruda en junio de 1942. De aquella visita, Juan José Arreola contará la fascinación que la catedral ejerció sobre el chileno, quien le dedicó un cuarteto al dulce clamor de sus campanas: "Ciudad Guzmán, sobre su cabellera / de roja flor y forestal cultura, / tiene un tañido de campana oscura, / de campana segura y verdadera". A pesar de esto, el Flamingos ha sabido conservarse como sitio de referencia para los habitantes. Su emblemático letrero ostenta dos aves rosadas que se entrelazan en un abrazo imperecedero, especie de yin y yang donde caben todas las alegrías que han saturado sus pasillos. También algunas —insondables— tristezas.

Rubén baja corriendo las escaleras del tercer piso. Jadea; a pesar del frío, su rostro enrojecido deja entrever diminutas perlas de sudor que cubren su frente y escurren por sus mejillas morenas. Lleva pantalón verde, camiseta blanca y, sobre ésta, un suéter azul marino con las siglas isc, que forma parte del uniforme del Instituto Silviano Carrillo, uno de los colegios más antiguos de la ciudad. Ésa no es su ropa. Se la regaló Susana Rangel después de que pasaron tres días sin tener noticias del padre y los niños requirieron ropa limpia. Susana es una mujer menuda, severa, quien además de ser la encargada de los cuartos del hotel, es la esposa de José Villa, el gerente. Desde hace casi dos semanas se ha hecho cargo de los dos hermanos, de sus comidas, de sus baños —Rubén se baña solo, pero Marta todavía estaba acostumbrada a tomar duchas con su mamá; Susana ha tenido que meterse con ella para ayudarla—. Ahora mismo, grita desde la puerta del cuarto 323 al niño que llega al piso de abajo y corre hacia el estacionamiento en busca de un sitio donde esconderse.

Como de entre sueños, le llega el rumor del llanto de Marta. Su hermana que se quedó en la habitación, sentada contra la pared porque Rubén le ha pegado. Aunque está molesto, no es el enojo lo que lo obligó a huir. Es la vergüenza, la tristeza, la traición. Se arrepintió de pegarle un instante después de alzar la mano, pero ya era tarde. Su hermana ya se cubría el rostro con la mano y su llanto terminó por traer a Susana —siempre vigilante— a la habitación de los niños. Sin preguntar siquiera qué había pasado, Susana reprendió a Rubén, le dijo que un hombre jamás debe lastimar a una mujer. Y le pegó. Rubén hizo todo lo posible por no llorar. Porque los niños no lloran, se lo enseñó su padre. Pero salió corriendo y dejó tras de sí a las dos mujeres que ahora mismo constituyen su familia.

Rubén se lo confesó a su hermana. Papá no va a volver. Nunca habían pasado tanto tiempo solos fuera de casa; además, él pudo observar su rostro cuando los dejaba: se dibujaba una despedida que no captó en el momento, pero que lo abarca todo. Y le duele. Si quieren volver a verlo, no tienen más remedio que escaparse. Deben buscar el camino a casa y encontrar a sus padres y reclamarles por su abandono. Marta no quiso entender. Marta negó con la cabeza y, como siempre, se emberrinchó y quiso obligarlo a que se quedaran. Porque papá volverá por ellos pronto, está segura. Papá los quiere. Y aunque Rubén intentó convencerla por las buenas, al final la niña le gritó y no pudo hacer otra cosa que pegarle.

Atraviesa el estacionamiento a toda velocidad. Es una plancha de cemento al aire libre, con pocos autos estacionados, desde donde se pueden observar las habitaciones. Se asoma por un instante, ve la puerta abierta de la 323. Siente una pulsación en sus manos, que le duelen con un dolor nuevo, lleno de la piel amada de su hermana.

Han remodelado el número 29 de la calle Encinos. La fachada ostenta un color verde olivo que contrasta con el cancel y las protecciones de las ventanas, pintados de negro. Por orden de don Julián, remodelaron el techo, impermeabilizaron, cambiaron todas las tejas. El cancel, no obstante, es el mismo. Me lo han dicho los vecinos del 35, que recuerdan el día que lo pusieron, un par de años antes de la mudanza de "los maestros", Pedro y Rocío. A pesar del tiempo, está todavía en buen estado.

La calle recuerda todavía el incidente. Con los años los detalles se han difuminado, maquillándose en la imaginación o —esto pasa recientemente— confundiéndose con otros casos. Hay quien dice que la cabeza de Rocío descansa a un costado del canal de El Triángulo, a unas cuadras de su domicilio. En realidad, en ese lugar encontraron el cuerpo decapitado de Samanta, una muchacha chiapaneca de veinte años que llegó a Tlayolan para trabajar en la siembra de berries. Su cabeza no ha sido encontrada.

Muchas chicas de la zona siguieron también a Rocío en la muerte: a un costado del panteón alguien arrojó el cuerpo de Yared: esparcieron sus miembros a lo largo de la calle. A Mariela la arrojaron sus hermanos desde el techo de su casa el día que se enteraron que estaba embarazada. Después se dieron a la fuga, dejando sola a su madre para rumiar la tristeza. Yunuén murió intoxicada en una fiesta con sus compañeros de trabajo. La llevaron inconsciente a la brecha cerca de las vías del tren. La violaron repetidamente y, cuando se cansaron de ella, introdujeron una botella de cerveza en su ano y la dejaron ahí hasta que la encontraron casi dos días más tarde. Tenía veintitrés años y una hija de seis meses. No obstante, de estos casos se habla poco. Se sepultan unos con otros, apabullados por la frecuencia y la brutalidad creciente. Por eso, cuando uno pregunta por la muerta del panteón, el recuerdo de la maestra Rocío vuelve como una mancha en el rostro de los habitantes.

La casa no se renta. Para los vecinos esto es un alivio.

Un par de días después del hallazgo del cadáver, la policía emprendió la búsqueda del asesino. Se abrió una carpeta de investigación con apenas unos cuantos datos, interrogatorios aislados a la familia, a los vecinos y a algunos compañeros de trabajo cercanos a la pareja. Fue inútil. Los días de ventaja que tomó Pedro fueron suficientes para que resultara imposible seguirle el rastro. Las entrevistas con los vecinos confirmaron las peores sospechas: se le vio salir de casa la mañana del 4 de enero, alrededor de las nueve, en el coche de la familia. En el asiento trasero iban los dos niños. Lo vieron partir en dirección al centro de la ciudad, por lo que fue difícil saber si emprendió la huida con ellos. Posteriormente, a las once, regresó a casa solo y los vecinos reportaron que a esa hora se oyeron los ruidos de la construcción/destrucción en el interior.

Luis Rojas, vecino del 32, asegura que en este momento la maestra todavía estaba viva, pues la vio asomarse por un instante a través de la ventana del comedor, que da a la calle. No obstante, su testimonio no coincide con la reconstrucción de los hechos y ningún otro vecino lo corrobora. Curiosamente, asegura haberla visto también la noche del 6 de enero y la madrugada del 12, horas antes de que la encontraran, cuando ya el aroma resultaba insoportable. Afirma, además, que al notar que él la miraba, la maestra Rocío lo saludó con un leve movimiento de su mano izquierda.

Don Julián pasaba pocas horas en casa. Estaba todo el día en la oficina y por las tardes iba a la estación para averiguar cómo iba la búsqueda del asesino. En ese lugar se quedaba hasta que era de madrugada. Por sus contactos en la presidencia, los agentes de policía —algunos lo conocían— trataron de mantenerlo al día. Pero la información era escasa y el avance lento, difícil. Muchos de ellos sabían —aunque nadie lo manifestó— que era prácticamente imposible que encontraran al culpable. Cuando lo interrogaron sobre su yerno, don Julián se sorprendió al notar que en su familia no sabían prácticamente nada sobre Pedro. Sólo tenía una vieja dirección de Jaumave, Tamaulipas. Un teléfono que no daba línea y un nombre que bien podría ser el de un espectro. ¿Quién era Pedro Flores? ¿Qué fantasmas lo protegían ahora? La noticia de sus nietos circuló poco en la estación: todos creían que se fueron con el padre, no tenía caso buscarlos en la ciudad.

Sepultaron a Rocío el domingo por la mañana. Su sepelio fue solitario: la familia sabía que hacer partícipes a parientes y amigos significaba también someterse a escrutinios que no soportarían. Mientras el cuerpo de su hija descendía a las tinieblas, María del Rosario y Julián pensaron en sus nietos, pidiéndole a Dios que siguieran en México, aunque fuera en Tamaulipas, pues esto les daba esperanza —mínima, pero necesaria— de que volverían a verlos. Recogieron un puñado de tierra de la tumba y la guardaron en un frasquito que todavía conservan.

El cuerpo de Rocío Vargas descansa en la Calle de la Paz en el panteón municipal. Cuando amanece, el sol golpea la tumba de frente, y hace brillar las letras doradas de su nombre.

Rubén corre hasta el fondo del estacionamiento, a la bodega donde los empleados del hotel guardan las cosas del aseo. Es una habitación pequeña que siempre está abierta, pero Susana rara vez va allá y a esa hora las mucamas se han ido ya. Hace un par de días, mientras jugaba a las escondidas con Marta, la niña se escondió allí y pasó más de una hora antes de que él pudiera encontrarla.

Se acurruca entre los trapeadores y las escobas. El cuarto está frío, desprende un aroma a humedad, a trapo viejo, a polvo. Cerca de ahí, el ruido de las bombas ensordece casi por completo cualquier otro sonido del exterior. Junto a su pie, un grupo de asquilines corre alborotado buscando refugio. En uno de los muros, junto al techo, una araña patona espera pacientemente la llegada de alguna víctima.

Los minutos pasan como arrastrándose. Rubén siente que su cuerpo vuelve poco a poco a la normalidad. El temblor en sus manos se ha ido. El sudor que se alojó en su playera se enfría y le da una sensación desagradable en su pecho y su espalda. Sabe que en poco tiempo tendrá que disculparse con su hermana. Marta no entiende. Marta no tiene la culpa. Y él tendría que haberla cuidado. Su padre se lo dijo, "cuida que no le pase nada, tú eres el grande", con aquella voz que ponía cuando hablaba muy en serio. Pero en vez de cuidarla le pegó. La hizo llorar. Y la dejó sola. Y aunque quiere ir con ella, la imagen de doña Susana lo detiene. No quiere verla. ¿Qué se cree esa mujer que, de un día para otro, empezó a darles órdenes, traerles ropa, llevarlos a comer, a tratarlos como si fueran sus hijos? Como si ellos, Rubén y Marta, no tuvieran ya una mamá y un papá que los cuidaran.

Se asoma a través de la puerta del almacén. Desde ese lugar puede ver claramente la entrada al hotel. Más allá de ésta, la calle. A la distancia, parece que en el exterior la luz tuviera otro color. Los autos pasan con prisa. También la gente, que camina frente al hotel sin mirar —la temporada alta se ha acabado, hay pocas personas que entren— siquiera a su costado. La calle: no han salido del hotel en más días de los que puede contar en una mano. Ahora, se le antoja como un mundo aparte. Un recordatorio, también, de que su presencia en el hotel es algo más que una visita. Es un castigo. Un encierro. Y su propio padre los ha condenado.

Se lleva las manos a los ojos y, apretando fuerte, se los talla. Quiere irse a casa. Quiere tomar sus juguetes. Quiere ver películas en la tele. Quiere jugar en la calle con los otros niños. Quiere escaparse. Pero ¿cómo? Si la sombra vigilante de don José está siempre en la entrada, si no le permite siquiera acercarse a la calle por miedo a que le pase algo. "A los niños como ustedes se los llevan los robachicos", les dijo una vez, cuando él y su hermana le pidieron salir para ver, por ningunésima vez, si ya venía papá. Desde entonces no podían ni acercarse, pues rápidamente José les llamaba la atención con aquel tono de villano de caricaturas que a Rubén no le gustaba, aunque le diera un poco de risa.

Si tan sólo pudiera distraerlo, si pudiera hacer que abandonara su puesto por un minuto, podría salir, correr entre la gente, y decirle a alguien —a cualquiera que no fuera un robachicos— que lo llevara hasta su casa. Entonces vería a papá y le gritaría por abandonarlos. Vería a mamá y la regañaría por dejarlos ir así, como animalitos. Se haría escuchar. Les haría entender lo que han hecho. Mira nuevamente la entrada y le parece extensa, limpia, luminosa. Y al verla su cabeza se llena de ideas. Quizás puede hacerlo. Si lo intenta, ahora mismo podría correr y dejar atrás a aquel viejo gordo que se la pasa sentado en la recepción del hotel.

Piensa cuántos pasos le tomaría llegar hasta la puerta. Hacia dónde tendría que desviarse en el caso de que José salga de su oficina. Sale de la bodega. Se prepara. Pero apenas da el primer paso cuando la voz ronca de doña Susana parte el aire gritando su nombre. Rubén siente que lo muerde un animal eléctrico. De inmediato cierra la puerta y regresa a esconderse entre los trapeadores.

Veo la habitación en la que se hospedaron los hermanos Flores Vargas. Es un cuarto pequeño, pulcro, que, a pesar de haber sido remodelado un par de veces, conserva aún el estilo de los años noventa. Algunos aparatos —una cámara fotográfica Kodak instantánea, un minicomponente Sony, una videocasetera marca JVC— permanecen como parte de la decoración y me permiten imaginar a los niños viendo películas en VHS, o escuchando canciones en la radio.

Años después recordarán muy poco de aquella habitación. El aroma a madera húmeda y a desinfectante, la alfombra que suavizaba sus pasos. El rostro de José y Susana —a quienes visitarán algunas veces después de la experiencia— terminará por difuminarse con el tiempo. Perdidos estarán los recuerdos de la gente que conocieron en el hotel: viajeros, empleados, incluso otros niños que, a diferencia de ellos, sólo iban de paso.

Sus caminos profesionales de alguna manera reflejarán aquella experiencia. Rubén terminará su carrera como abogado penal; hasta el momento, ejerce en un despacho en Guadalajara. Marta, por su parte, es licenciada en psicología, trabaja en una organización civil que acompaña a mujeres que sufren violencia. La madre asesinada es un estigma. Una marca que, lejos de generar compasión, los hará víctimas de la condescendencia y la desconfianza. Marta es la viva imagen de su madre. Tiene las cejas pobladas, el cabello oscuro y aquella sonrisa que lava cualquier pasado. Pero Rubén se parece demasiado a Pedro y aquello se manifiesta en el dolor de los parientes que, contra su voluntad, a veces lo miran con desconfianza. Todas las mañanas, conforme se acerca a la edad que tenía su padre la mañana del asesinato, se mirará en el espejo y hará un esfuerzo —sobrehumano, filial— por comprenderlo.

Aunque nadie en la familia les contará lo que pasó, no faltará el compañero de escuela (primaria, secundaria) o los vecinos que tengan el tiempo de revelarles el fin de la madre. Durante mucho tiempo dudarán de la verdad —no tienen a nadie a quién preguntarle, tampoco hay notas periodísticas que lo corroboren—, pero esto no importa mucho. Se tienen el uno al otro. Dos cicatrices que caminan como resabios de aquel dolor.

Pasados unos minutos, su sospecha inicial de que la mujer lo ha encontrado resulta equivocada. Susana le grita un par de veces más, "¡Rubén, ven acá!". Está molesta. Normalmente eso le preocuparía, pero el sonido de sus pasos se escucha más lejos. Quizás regresa al cuarto. O va de camino a la recepción en donde le comentará a su esposo que el niño, otra vez, se portó mal. Rubén se lamenta. Su plan de volver a casa parece imposible.

José y Susana apenas han aceptado sacarlos al jardín el domingo pasado, y eso porque Marta lloró para que la llevaran a ver los juegos mecánicos, a comer algodón de azúcar, a reventar burbujas en el centro de la plaza. Pero nada de esto le interesa a él, y caminar en medio de tanta gente le resultó decepcionante porque las dos personas que buscaba no estaban ahí. Por otro lado, la salida duró poco pues, como dijo Susana, ¿qué pensaría su padre si los viera en la calle tan campantes?

Aquélla ha sido su cantaleta desde que la conocieron, apenas al segundo día de su llegada. Se presentó con amabilidad. Les dijo que estaría a cargo de ellos, que les ayudaría en lo que pudiera, que no dudaran en decirle si necesitaban algo. Desde entonces, va al menos tres veces al día a la habitación: a llevarles comida, a llevarles ropa, a bañar a Marta, a asegurarse de que tiendan su cama, se laven los dientes, arreglen el cuarto… está harto de aquella mujer que parece empeñada en no dejarlos en paz. Le molesta pensar que Marta se haya acostumbrado tanto a su presencia. Hace un par de días se le salió decirle "mamá". ¿Qué está pensando su hermana? ¿Ya se le olvidó que ésa no es su casa? ¿No sabe que son dos molestias en aquel lugar?

Susana nunca les ha dicho algo así; don José, cada vez que habla, se los hace saber. Al cuarto o quinto día de su llegada, el hombre fue a la habitación y sacó a Rubén al pasillo. Se lo dijo entonces: el dinero que había dejado papá se había terminado y Pedro no había intentado comunicarse. Aún más, nadie respondía al teléfono que había dejado en recepción. La mejor opción era tratar de localizarlo o, en la medida de lo posible, llevar a los hermanos a casa. ¿De dónde venían? ¿Sabía su número telefónico? ¿Su dirección? ¿Algo?

Rubén escuchaba aquel interrogatorio aturdido, como si las palabras de José mordisquearan su conciencia y esto lo imposibilitara para comprender. ¿Por qué no había marcado su papá? ¿En dónde estaba?

Rubén recuerda el viaje al hotel en el auto familiar. Las promesas de papá iban encimándose unas en otras hasta desaparecer: les dijo primero que comerían helado, que los llevaría de viaje, que pronto regresarían a su antigua casa en el norte, llena de recuerdos borrosos. El sol de enero caía por el vidrio trasero del coche y le calentaba la nuca. Se asomó y lo vio por un segundo: una bolita brillante sobre su cabeza. Su madre le dijo una vez que el sol y la luna persiguen a las familias que les caen bien, por eso nunca, sin importar qué tan rápido corra, Rubén podrá dejarlos atrás.

Papá estaba en un problema serio. No era sólo su ausencia, que se resentía todos los días en la pequeña habitación. Era también esa manera de hablar con ellos, como si tratara de masticar la tristeza. Imaginaba a sus padres deambulando por aquella ciudad nueva, olvidados por completo de sus hijos. Cómo pudieron abandonarlos ahí. Cómo, si cuando les hablaron de la mudanza, mamá aseguró que la vida en Tlayolan sería una aventura constante, un juego que no se acaba.

Un ruido en el exterior lo pone tenso y lo obliga a acurrucarse, tumba un par de cubetas a su derecha. Todo está perdido, pero era de esperarse que doña Susana lo encontraría eventualmente. Piensa en lo cobarde que ha sido por no decidirse a emprender la huida, pero el susurro de su hermana le trae alivio.

—Rube, ¿aquí estás?

Toca la puerta con sus dedos delgados, diminutos. Duda en responder inmediatamente. Después de todo, no sabe si detrás de Marta la sombra de doña Susana se dedicará a oscurecer hasta el último rincón del cuarto. Su hermana habla por segunda vez. Pero Rubén se rehúsa todavía a abrir la puerta. La imagina acurrucada en el exterior. Su voz atraviesa sus oídos como una aguja.

—Perdóname, Rube... si quieres nos vamos a casa. Vámonos a donde tú quieras, pero no me dejes sola —dice y se suelta a llorar. Su llanto es un hilito de tristeza que va a enredarse en el cuerpo de su hermano.

Todavía inseguro, se encamina hacia la puerta. El llanto de su hermana le provoca un dolor que no ha sentido antes, como si alguien estuviera apretando su corazón desde adentro. Apenas abre la puerta, el cuerpo de Marta surge como una pequeña estatuilla de esas que se colocan en los nacimientos. La niña lo mira con el rostro enrojecido, y camina hasta él con los brazos abiertos. Rubén no tiene más remedio que abrazarla, chiquearla, decirle que todo estará bien. Frase escuchada tantas veces y que ese día por fin ha cobrado un significado concreto, comprensible para él que la repite como la letanía del rosario.

Mira detenidamente su cabello revuelto, su cuerpo que tiembla como la superficie del agua después del impacto de las piedras. Es un ser ajeno a él. Es como si la reconociera por primera vez. Marta es una existencia única, ajena a la suya, que vive también aquella pesadilla de la que no han logrado despertarse. Y él le ha pegado. Le ha gritado que la dejará sola. Sola en el hotel Flamingos que significa lo mismo que sola en el mundo.

Quiere pedirle perdón, pero las palabras se extravían en su boca tan pequeña. Comprende que no pueden seguir así. No pueden seguir solos en aquel lugar.

Debe encontrar a sus padres. Y debe hacerlo pronto.

Entre 1985 y 2016, murieron asesinadas en México más de cincuenta y dos mil mujeres, según recoge el estudio *La violencia feminicida en México, aproximaciones y tendencias 1985-2016*, publicado por la ONU, la Secretaría de Gobernación y el Instituto Nacional de las Mujeres. En muchos casos, el método de muerte va más allá de las armas de fuego y adquiere el toque personal, íntimo, de los "crímenes pasionales": son comunes el acuchillamiento, ahorcamiento, inmersión. "Las matan con sus propias manos" sus parejas, hermanos, amigos, padres: la intimidad crea monstruos.

No hay información certera sobre el número de niños que han quedado huérfanos por un feminicidio. La cifra oficial, recogida por Inmujeres, refleja que hay al menos tres mil nuevos huérfanos cada año, aunque el verdadero número es, presumiblemente, mucho mayor. Las estadísticas de la década 2000-2010 se desconocen, pues los estados empezaron a recopilar la información a partir de 2015. En Jalisco, el feminicidio se tipificó en 2012, pero ganó mucha mayor cobertura mediática hasta 2019, el día que Vanessa Gaitán murió acuchillada afuera de Casa Jalisco. La mató su esposo, Irving Emmanuel N., mientras el gobernador, Enrique Alfaro, y el fiscal, Octavio Solís, sostenían una reunión de seguridad dentro del inmueble. La mujer entraba a Casa Jalisco cuando Irving Emmanuel la arrolló con su auto. Al verla en el suelo, bajó del vehículo, caminó hasta ella y la acuchilló a la vista de los policías presentes. Vanessa murió mientras pedía ayuda a gritos. Tenían un niño de dos años.

El destino de los huérfanos del feminicidio es siempre incierto. Los que tuvieron suerte pasaron a vivir con algún miembro de la familia —normalmente los abuelos— pero hay un número inmenso que todavía naufraga en la burocracia estatal. La mayoría de los estados —veinte— no reporta ningún huérfano por feminicidio. Y las cifras que sí reportan son apenas un atisbo de la realidad, maquillado por el blindaje político y las estrategias de campaña. De acuerdo con Gricelda Torres Zambrano, autora del estudio *Huérfanos del feminicidio. Los niños invisibles*, el artículo 83 de la Ley de Atención a Víctimas precisa que un niño sólo puede reconocerse como "huérfano del feminicidio" por la determinación de un juez de la Comisión Ejecutiva de Atención a Víctimas, Derechos Humanos o el Ministerio Público. "Un camino burocrático que deben sortear en medio del dolor, el duelo y la incertidumbre". Sin dinero, sin tratamiento psicológico, con la muerte todavía a cuestas, los niños y sus familias quedan solos e invisibles ante la sociedad. A la fecha, el Estado mexicano ha puesto en marcha proyectos de atención a los huérfanos de feminicidio. Hasta 2020, sólo reconoció —y atendió— a 238 niños.

Después de su estancia en el hotel Flamingos, Rubén y Marta pasaron una temporada con sus abuelos. Al trauma de la muerte siguió otro: la probabilidad de que el padre regresara por ellos. Por unos meses se discutió la posibilidad de llevarlos a otra ciudad —Colima, Guadalajara, o con sus tíos en Guanajuato—, la familia entera pensó en mudarse. Poco a poco, la certeza de que Pedro no se encontraba en la ciudad o el estado se fue aclarando. Eventualmente, el miedo de reencontrarlo también se diluyó y esto permitió que la familia pudiera dedicarse a sanar. Los niños se fueron a vivir con la tía Julieta y el tío Germán; eran candidatos idóneos por su edad, porque su casa tenía el espacio suficiente, porque amaban a sus sobrinos. Toda la familia se alegró con esta decisión.

Después de un par de años, los niños se acostumbraron a llamarlos papá y mamá. No es un final feliz, pero es suficiente para sobrellevar todo lo que se rompió en aquel enero. En la sala de su casa, Julieta y Germán tienen una gran fotografía de Rocío. Lleva un vestido negro y una torera blanca. Debajo de ésta, hay una veladora que siempre está encendida. En aquella luz que tiembla bajo el calor de la familia, el recuerdo de su madre aún late dulcemente.

Susana sube las escaleras de regreso a la habitación de los niños. Espera que Rubén, arrepentido —o consciente de que no tiene a dónde ir—, regrese al único lugar que conoce. Los hermanos se asoman desde su escondite, escuchan su voz que los llama nuevamente. Rubén siente el temblor de su hermana. No está acostumbrada a desobedecer. Además, le cae bien Susana. Estar así, escondida con Rubén, le parece una travesura nueva que, más que emocionarla, la asusta.

Lo que sigue no es fácil. Rubén lo entiende. Susana es severa, si los encuentra los llevará a la habitación de nuevo. Quizás les grite. ¿Será capaz de pegarles? Deja a su hermana y abre apenas la puerta. Frente a él, el estacionamiento casi vacío le recuerda al patio de la escuela. En ese momento, todos sus amigos estarán en clase, porque las vacaciones se terminaron hace casi una semana —se lo ha dicho Susana—; se pregunta si alguno de ellos está preocupado por ellos, si alguno se ha preocupado porque Rubén no regresó de vacaciones.

Un auto entra por la puerta del hotel y avanza hasta uno de los sitios vacíos del estacionamiento. Cuando lo ve llegar, Rubén se recorre ligeramente hacia la derecha, cuidando que nadie lo vea. Mira a una pareja que desciende cargando dos grandes maletas. Avanzan juntos hacia la recepción. Los imagina escogiendo el cuarto, hablando con José, quien les contará que en aquel hotel hay dos niños que abandonaron los padres. Quizás la pareja se pondrá triste al escuchar la historia de los hermanos. Quizás querrán conocerlos. Quizás se hospeden junto a ellos. Pero ahora mismo sólo mira al hombre y la mujer que avanzan hacia el segundo piso, arrastrando sus maletas de ruedas. Y, detrás de ellos, el propio José abandona su puesto en la recepción y los acompaña hasta su cuarto.

Desde donde están, Rubén los ve subir las escaleras y un reloj empieza a correr en su cabeza. Ésa es la oportunidad que había estado esperando, no tiene mucho tiempo. Llama a su hermana y le dice que salga con él en silencio. Marta duda unos segundos, a pesar de que está convencida de acompañarlo. Rubén la llama de nuevo, nervioso. La niña se levanta y se acerca. Instintivamente, toma su mano con la punta de sus dedos.

—No hables. No digas nada porque nos cachan —dice Rubén. La niña asiente. Un cosquilleo tenue, constante, se aloja en su estómago.

Atraviesan el estacionamiento en silencio. Rubén va adelante, sostiene la mano de su hermana con fervor. Por alguna razón, aquella mano le pesa: se siente capaz de perderse en ella. Los pasos cortos detrás de él resuenan en el azulejo como los pasos artificiales de las muñecas. Clic clic clic clic. El ruido de la ciudad llega hasta él como promesa del reencuentro anhelado. Los autos. El bullicio de la gente. Sus padres están cerca. Casi puede ver la cara que pondrán cuando les cuente aquella aventura. O no. Mejor que no se enteren. Mejor dejar atrás ese mal sueño. Mejor que los vean y la sorpresa de verlos abarque todo, incluso el remordimiento por dejarlos solos.

Pasan frente a la recepción y Rubén nota que la oficina desprende el mismo aroma a madera del primer día. Hay un letrero negro con letras metálicas que anuncia "Hotel Flamingos", y aquellas dos aves entrelazadas le recuerdan, por algún motivo, a sus padres cuando se abrazan. Aquellos flamencos son también él y su hermana ahora mismo. La calle está frente a ellos. Rubén tiene piedras calientes en el estómago. Se detiene cuando ya la luz de la calle golpea su cuerpo menudo. ¿De verdad pueden hacerlo? ¿Podrán llegar a casa ellos solos en aquella ciudad que aún no conocen bien? ¿Y si se pierden? ¿Y si, por su culpa, terminan viviendo en la calle?

Es como si la duda, sembrada por primera vez en el día, lo hiciera consciente de su propia debilidad. La calle se extiende, interminable, a su derecha y su izquierda. Nunca antes había caminado solo. Aferra la mano de su hermana. No puede, no con ella. Su hermana es una carga, una responsabilidad que él no puede asumir. "Cuida que no le pase nada, cabrón", le dijo su padre, y aquellas palabras son pesadas. Comprende. Si bien el miedo de perderse es casi insoportable, la idea de que Marta estará protegida por aquella pareja del hotel es suficiente para atreverse a partir. Voltea a verla. El rostro enrojecido de Marta le devuelve una sonrisa llena de luz. Parece confundida, aliviada casi. ¿Se quedarán, después de todo, en el hotel?

—Regrésate al cuarto, Marta —le dice el hermano—. Regrésate y espérame ahí.

La niña tarda unos segundos en responder. Luego su rostro se tuerce en una mueca de espanto. Niega con la cabeza.

—¡Vete al cuarto! Voy a volver por ti

—No, Rube, yo voy contigo —dice, y atrapa su brazo. Sus manos pequeñas lo oprimen con una fuerza desconcertante.

Forcejean unos segundos. Rubén la toma por el antebrazo y trata de desprenderla, pero su hermana se aferra a él y no se mueve a pesar de los gritos y los manotazos. Aún no logra separarla siquiera un poco, cuando un grito los sorprende desde el extremo opuesto del edificio.

—¿Qué están haciendo, Rubén?

Es la voz de Susana. La gran silueta de la mujer baja las escaleras y trota hasta ellos. Al verla acercándose, Rubén siente que la tarde se fractura. En cuestión de segundos todo habrá terminado, aquella extraña aventura no llegará a ninguna parte. No tiene otra opción. Una ola de calor lo recorre. "¡Suéltame Marta!", grita por última vez, mientras empuja a su hermana con todas sus fuerzas. La niña cae de nalgas y lo voltea a ver con una mezcla de sorpresa y dolor. Rubén no se disculpa. No tiene tiempo. Los pasos de Susana se escuchan cada vez más cerca, pero no tiene tiempo de voltear a verla. En cambio, sale corriendo con todas sus fuerzas. Deja atrás la voz de Marta que se clava en su nuca mientras le grita que regrese. Corre tan rápido que siente cómo el sol se va quedando atrás de su carrera. Deja atrás los pasos de Susana que llama a su marido y le dice que el niño se fue corriendo. Aquella voz es una espina que lo fuerza a mezclarse entre la gente. Choca con un hombre que camina con un bebé y piensa en su padre. Se detiene en la esquina donde algunos transeúntes lo miran desconcertados y piensa en su padre. Mira el semáforo en rojo y piensa, también, en la distancia que lo separa de casa. En aquel camino imposible que ha decidido recorrer.

Se talla los ojos. Jadea. Se enoja para reprimir el nudo en su garganta.

—¡Rubén!

La voz viene de sus espaldas y, por instinto, el niño trata de correr.

—¡Rubén, soy yo! ¡Mi niño!

Es una voz conocida, pero tan lejana que tiene que voltear a ver. La tristeza de aquella voz pesa en su corazón. Como a través de una niebla reconoce los pasos livianos de don Julián, su abuelo. Corre hacia él. Lo abraza. Lo alza hasta su cabeza y lo cubre de besos. Rubén siente que un costal de tierra cae de su espalda. Su cuerpo está débil. Su rostro, caliente por los mordiscos del sol. A la distancia distingue a su tía Julieta que ya abraza a Marta en la entrada del hotel Flamingos. Tiene tantas preguntas. Tanta rabia todavía dentro. Pero ante aquel encuentro no puede hacer otra cosa que ponerse a llorar. A veces llorar es la mejor respuesta. Se aferra al cuello de su abuelo. Le da puñetazos con sus manos pequeñas. Le reclama por haber perdido tanto tiempo. Y mientras el abuelo camina con él en brazos para reunir a la familia, Rubén no deja de preguntar por su padre.

Pasarán días hasta que les digan que sus padres se han ido. Años hasta que se enteren de lo que sucedió en su casa aquella última mañana familiar. Pero nada de eso importa ahora que su abuelo lo oprime contra su pecho, exprimiendo hasta el último segundo de aquella semana solitaria.

Sur, 2005

La tumba de mi tío descansa en uno de los últimos rincones del cementerio de Tlayolan. A pocos metros, una gran parota vierte su sombra sobre las lápidas, disipando el calor de los visitantes. También los malos recuerdos. Debajo de ésta yace una llave que durante años ha llenado innumerables cubetas para las flores de los muertos. El camposanto está cada vez más lleno. Veo pocas personas dispersas entre las tumbas: a lo lejos hay una mujer sola que coloca un ramo sobre la piedra fría. A la izquierda, un par de hombres protege el silencio frente a una tumba demasiado blanca. Mientras avanzo, un grupo de zanates alza el vuelo y de repente tengo la impresión de que el cielo de abril se llena de sombras. Así pasa también con nuestra memoria.

Hemos dejado de hablar de mi tío Antonio. Con los años, el recuerdo de aquel dolor, de aquella impotencia, han sido sustituidos por la dócil vergüenza de saber que no pudimos hacer nada. Su muerte estaba trazada en algún hado inevitable que hemos aprendido a incorporar en nuestras vidas. Su muerte lastima, pero cada día menos. La impunidad pesa, pero ya no tanto. E incluso la noticia del deceso de su asesino —que llegó hasta nosotros de manera desabrida, casual, casi un lustro después de haberlo conocido— se insertó en nuestro imaginario y nos dio una compensación tardía e insustancial, pero suficiente.

A veces me pregunto si para todos ocurre así. Si las muertes de Sagrario, de Rocío, se han vuelto también soportables. Si toda clase de inhumanidad se convierte, con el tiempo, en humana. Como arrojadas al vacío, las familias vamos enquistando el dolor, con el encabronamiento atorado en la garganta, con el nombre de nuestro muerto echando raíces en el cuerpo. Lo demás es la vida tirando para adelante. Eso: seguir vivos con la resignación que nos deja a todos las mismas interrogantes: ante la impunidad, ante la negada posibilidad del consuelo, ¿en dónde sepultamos nuestra rabia?

La mañana del 25 de marzo de 2005, apenas un par de días después de la muerte de mi tío, mi padre y yo fuimos a matar a un hombre. Era viernes santo, en pocas horas Cristo moriría martirizado en miles de pueblos del mundo, y mi padre y yo aprovechamos el oscuro vaticinio de la Pasión para salir de casa y dirigirnos al sur de Tlayolan. Mi padre iba callado. No habló conmigo en el camino, no me preguntó nada; masculló su silencio durante toda la hora desde que salimos de casa hasta que nos estacionamos en la calle L. Desde el asiento del copiloto, papá miraba las casas, los árboles, los postes de luz y a la gente que avanzaba fantasmal por las calles de Tlayolan. Y fue como si las reconociera por primera vez, porque el dolor hace eso: te renueva ante el mundo.

—Necesito que me acompañes —me dijo aquella mañana, cuando terminamos de desayunar—. Tengo que hacer un mandado y no puedo solo —aunque no me imaginaba sus planes, tuve la impresión de que detrás de aquella petición había también una llamada de auxilio.

Nos subimos a un auto que no había visto nunca. Estaba estacionado a un par de cuadras de la casa, en un terreno baldío que se fundía con la marejada verde del bosque de los Ocotillos. La memoria es un sentimiento extraño; he olvidado ya los detalles del auto de la familia en aquel entonces. Sin embargo, puedo evocar con mucha claridad el Sentra rojo en el que íbamos: sus placas de Colima, la abolladura de unos quince centímetros en la defensa trasera, aquella calavera —la izquierda, la veo claramente— rota por algún accidente pasado. El coche despedía el olor desagradable del aceite requemado que tenían todos los coches de mecánico automotriz que conocí en mi vida. Los asientos delanteros estaban cubiertos con un par de camisetas negras mientras que el asiento de atrás iba forrado por un sarape raído. En el retrovisor, un rosario blanco colgaba casi hasta tocar el tablero.

Atravesamos sin problemas la mañana de Tlayolan. Recuerdo el estéreo que balbuceaba las notas de "Stairway to Heaven" y que me hizo evocar el viejo monje del candil que mi tío Antonio había reproducido fielmente en un trozo de tela y que había colgado en su habitación durante los casi veinte años que la visité. Con su muerte, también aquel cuadro había sido relegado al montón de cajas que contenían su memoria, cajas que pronto se llenarían de polvo en su habitación cerrada y cuyo destino inevitable sería la basura.

Apenas al llegar a la calle L, mi padre me ordenó que siguiera de largo y estacionara el coche a un par de casas de la esquina. Asentí, disminuí la velocidad y, cuando llegamos al lugar, apagué el coche y abrí una lata de refresco.

—No tomes tanta coca, cabrón —terció—. Te va a hacer daño.

La vacié de un trago y sentí cómo el líquido escarbaba en mi garganta en su camino al estómago. Un sudor helado bajó por mi sien y se depositó inmisericorde en mi cuello. Le pregunté qué estábamos haciendo en ese lugar. Mi padre me hizo una seña para que mirara atrás. Ajusté el retrovisor y lo vi. Apenas a unos metros de nosotros, vi un coche que nunca había visto, pero conocía prácticamente de memoria. Era un Monza seminuevo, verde oscuro, muy bien cuidado. Sus vidrios polarizados dejaban ver con claridad el signo de "$" y un número telefónico pintados con tinta para bolear zapatos. En la parte trasera del coche alcancé a leer que decía, en letras pequeñas, "Ofrezcan, soy de trato". Respiré hondo y me le quedé viendo por el retrovisor. En un lugar profundo de la conciencia, sentí que algo nos magullaba.

La primera madrugada que pasó en el hospital de Guadalajara, mi padre recibió una llamada en su celular. Pasaba de la medianoche, y el sueño de los pacientes sólo era perturbado por la visita esporádica de los enfermeros en turno. Había logrado acomodarse en el suelo, en un resquicio junto a la camilla de su hermano y la ventana que daba a la calle. Ese día, por la tarde, mi tío había recobrado la conciencia y, con sus balbuceos apenas inteligibles, manifestó su recelo a quedarse solo. Aunque nunca lo admitió abiertamente, estaba claro que tenía miedo de que el hombre que le había disparado entraría a su cuarto en el hospital para terminar el trabajo.

Quien llamó —mi padre nunca supo su identidad— dijo ser amigo de mi tío Antonio. Estaba furioso por lo que había pasado. Lo peor de todo era que la policía no perseguiría el caso, y que la denuncia que había presentado mi familia pronto se iría traspapelando hasta desvanecerse en una pila de expedientes empolvados. Su advertencia terminaría por cumplirse. Pero no todo estaba perdido: él tenía en gran estima a mi familia, y por eso estaba dispuesto a abrirnos una posibilidad para la justicia. Le dictó a mi padre una dirección en una calle conocida de nuestro pueblo. No dio mayores explicaciones. No era necesario.

—Y recuerde, compa: donde no entra la justicia, siempre cabe la venganza —zanjó y colgó el teléfono, sin darle tiempo de contestar o preguntar nada más.

Al final de la llamada, mi padre se quedó solo en el piso frío del hospital, mirando de frente la cama y a su hermano convaleciente. Mi tío Antonio tenía el rostro hinchado, amoratado por los golpes. Su cabeza y su torso estaban vendados. De vez en cuando hacía muecas por el dolor que los analgésicos no alcanzaban a calmar. En la parte baja de la cama colgaba una bolsa de orina pues mi tío no podía vaciar su vejiga a voluntad —las llantas del coche, al pasar por encima, habían lastimado sus órganos de manera irreversible.

El pitido rítmico del monitor de signos vitales hacía eco en la habitación velando el sueño de los inocentes. A esa hora la familia dormía: mi hermano y mi madre estaban en Manzanillo, pues habían decidido alejarse por un rato de la tensión enfermiza que circundaba la casa. Yo permanecía en una habitación de hotel cerca del hospital para velar por cualquier necesidad que tuviera mi padre. En pocas palabras, no quería dejarlo solo cuando muriera mi tío.

Era una locura. La idea de que él, o cualquiera de mis tíos, rastreara al agresor —pronto asesino— de Antonio durante días, quizás semanas, hasta tomar el valor necesario para cobrarse aquella deuda de sangre sería, en cualquier otra circunstancia, una idea ridícula, irrisoria. Y mi padre lo sabía bien. A pesar de esto, se levantó del piso helado del hospital y fue por su mochila. Rebuscó en su interior tratando de encontrar una libreta pero, al no tener éxito, tomó cualquier receta médica y anotó en el dorso una dirección que nunca podríamos olvidar.

—Míralo, ahí está el hijo de la chingada.

Era un hombre chaparro, flacucho, que salió del domicilio dando traspiés y caminó hasta el auto. En su mano derecha cargaba con dificultad una cubeta de veinte litros, que depositó en el suelo. En la izquierda, llevaba un cepillo y un par de trapos que dejó en el capó del coche. Se secó el sudor de la frente y contempló el auto por unos segundos, con una actitud que pareció denotar orgullo.

Se veía ridículo con su cabello despeinado, sus lentes de armazón grande y cuadrada. Parecía el típico funcionario público venido a menos. Mientras lo miraba enjabonar su carro meticulosamente, introduciendo el cepillo en la cubeta y tallando el techo, las puertas, los vidrios, no lograba conciliar que aquel hombre hubiera sido capaz de dejar a mi tío en el estado en el que lo habíamos encontrado. Sé que mi padre pensaba lo mismo, pues por un momento lo vi revisar su nota como si se preguntara si había escrito bien la dirección. No obstante, un vistazo al coche bastó para disipar cualquier duda: aquél y ningún otro era Jorge Martínez, el asesino de mi tío.

Fue como si mi estómago se llenara de navajas. Mientras lo veía enjabonando con un cariño casi paternal el vehículo, imaginé a mi tío tendido en el hospital, aferrándose a los últimos instantes de su vida. Aquél era el mismo auto que había intentado venderle, a él y —de esto me enteraría después— a la docena de hombres que lo siguieron en la muerte. Y mientras Jorge Martínez pasaba el cepillo y llenaba de espuma los vidrios del lado del pasajero yo apreté el volante con ambas manos, sintiendo el pulso de mi corazón en la sien y en mis puños endurecidos. Miré a mi padre, se veía imperturbable, gargóleo. Su pasividad me hería. ¿No sentía él también aquel odio que se sembraba en mí como un fruto letal? ¿No le dolía el recuerdo de su hermano?

¿No odiaba nuestra impotencia, nuestra fragilidad, nuestras manos atadas por una justicia que no llegaba?

—¿No vamos a hacer nada? —le dije finalmente, tratando de llamar su orgullo, de avivar una chispa de la furia que presentía en él.

Mi padre acomodó con parsimonia el retrovisor y se quedó viendo al hombre en silencio, fijamente, midiendo el peso de su vida. "Papá", lo llamé, pero fue como si mi voz se hubiera extraviado. A pesar de estar tan cerca, pude notar la soledad que circundaba a mi padre, aquella especie de aura que se había condensado a su alrededor y que me parecía muda e impenetrable. Quise decirle algo más, pero intuí que lo mejor era quedarme callado. Mis ojos se humedecieron, mis manos y mi rostro se habían entumecido y los ruidos que migraban desde la avenida me distrajeron por un instante del hombre que dejó el cepillo dentro del bote y procedió a desenredar una manguera.

En ese momento, cuando el chorro de agua descendió sobre el coche enjabonado, mi padre abrió la guantera y sacó de su interior una pistola. Me quedé viendo aquella especie de criatura metálica que temblaba como un animal negro recién nacido en las manos de mi padre, y comprendí inmediatamente por qué habíamos salido de casa ésa, y no cualquier otra mañana. Entendí que mi rabia y mi venganza eran ridículas, pueriles, comparadas con la resolución que él había logrado alimentar. La muerte descendió junto a nosotros. Unos dedos helados acariciaron mis brazos.

—Hijo, ponme atención —me dijo—. Esto es lo que vamos a hacer —y puso su mano en mi pierna. Apretó poco a poco, hasta que sentí sus dedos punzándome.

Y mientras mi padre me explicaba paso a paso lo que haríamos, recordé las llamadas telefónicas a nuestra casa. Parientes, amigos de la familia, e incluso un par de personas que aseguraban que tenían información sobre el caso o que traían nuevas promesas de venganza. Uno a uno, mi padre fue despachándolos. Les dijo que mi tío se había ido tranquilo, que no tenía caso enfrascarse en una venganza que él no habría deseado, que debíamos confiar en Dios porque había cosas en este mundo como la justicia y la ley.

Todos los días repetía el ritual de responder al teléfono, dictar algún agradecimiento o disculpa o "ya no llamen, por favor, vamos a confiar en las autoridades", y salía a trabajar al taller. A su regreso a casa, entraba sin saludarnos y se encerraba unos minutos en su cuarto, abría el cajón de su buró y sacaba un papel garabateado con una dirección inevitable. Y mientras le daba vueltas a aquella hoja, pienso que mi padre vislumbraba un futuro en donde la familia no podría permanecer sin sangre en las manos, porque aquella experiencia se convertiría, con el tiempo, en una cicatriz en nuestra memoria genética, herida que habríamos de compartir con nuestros hijos hasta el fin de la estirpe: el estigma de las víctimas.

Cuando les contó a mis tíos de la llamada anónima, la mayoría estuvo de acuerdo en que lo mejor era actuar: la muerte se lava con la muerte, y en aquella vorágine yo también estaba dispuesto a consentir que mi padre, o alguno de mis tíos, o incluso alguno de los tantos amigos que se ofrecieron a participar de nuestra retribución, se ocupara de saldar cuentas. Sólo él se mantuvo firme en su resolución, sólo él fue capaz de ver —ahora lo entiendo— que detrás de aquel acto se cernía una nueva especie de dolor, uno que desconocíamos y del que nunca lograríamos librarnos. Una oscuridad que alcancé a vislumbrar apenas por un instante cuando vi el arma que descansaba en las manos grandes de mi padre, como una criatura consanguínea, terrible.

Real.

—No apagues el coche, ¿entiendes? Estate atento porque voy a regresar corriendo y vas a tener que arrancar en chinga. ¿Entiendes?

Una mujer salió de la casa y le entregó al hombre un vaso de agua de jamaica. Éste la bebió de un solo trago, y sacudió la cabeza como si aquel líquido hubiera desvanecido el injurioso calor. Intercambiaron algunas palabras, sonrieron juntos y la mujer regresó al interior de la casa. Al verla, me di cuenta de que era la primera vez que cobraba conciencia de la familia de Jorge. Me pregunté si mi padre los había considerado. Seguramente sí, pensé, pues al mirarlo de nuevo pude notar su resolución, todo su ser concentrado en la decisión que había tomado desde la sangre.

Como un autómata, aferré mis manos al volante y concentré toda mi atención en el hombre que enjuagaba su trapo y procedía a limpiar el jabón de su carro, sin imaginar que su vida se balanceaba en nuestras manos. Traté de imaginarme el coche días antes, la mañana aquella en que mi tío lo encontró en la calle y le preguntó cuánto quería por él. Y mientras lo imaginaba haciendo el trato —a todas luces cotidiano, inofensivo—, trataba de tensar mi resentimiento para dejarlo salir junto con mi padre, para que se integrara a las balas que de un momento a otro impactarían aquel cuerpo odiado bajo el tremendo sol que vaticinaba la muerte de Dios Hijo en todo el mundo.

El plan era simple. Papá caminaría con firmeza hasta ponerse a espaldas del hombre, le diría quién era y por qué estaba ahí y le vaciaría la pistola en el cuerpo o en la cabeza o en donde fuera posible. Después regresaría corriendo al carro y ambos arrancaríamos hacia el resto de nuestras vidas. Lo miré en su pants deportivo, con su cachucha de las Chivas y su camiseta negra, pegada al cuerpo; la misma ropa que usaba cuando íbamos a correr al cerro de Las Peñas o a los Ocotillos, la ropa que usaba en todas las vacaciones para pintar la casa o arreglar algún desperfecto y que constituiría ahora su atuendo en la venganza.

—Sé fuerte, no tenemos de otra —me dijo. Y lo vi tratando de controlar su respiración ante la inminencia de sus actos.

Era nuestro derecho, nuestra responsabilidad y, si no hacíamos nada, quién sabe cuántas vidas más se llevaría aquel coche, vidas que ahora —me aseguró— pesarían también sobre nuestras manos, como si nosotros mismos las hubiéramos segado. Y mientras mi padre se preparaba, noté que sus dedos y sus manos e incluso sus labios exhibían un temblor ligero pero inconfundible. Súbitamente formulé en mi cabeza una serie de escenarios con todo lo que podía salir mal. ¿Y si el hombre estaba armado? ¿Y si había otros como él dentro de su casa, que a la primera llamada de auxilio saldrían para acribillar al vengador inexperto? ¿Y si la pistola no servía? ¿Y si mi padre, en su ciega búsqueda de la justicia, olvidaba accionarla y quedaba a merced del gatillo más experimentado de aquel hombre que terminaba ahora de enjuagar su coche, y tomaba un trapo para empezar a secarlo? ¿Y si yo no lograba encender el coche para huir? ¿Y si también yo me moría?

Empecé a temblar. En la cabina diminuta de aquel Sentra había espacio suficiente para que nuestras vidas se decantaran enteras y, con ellas, todo nuestro pasado y nuestros futuros posibles. No podía hacerlo. Aunque mi único trabajo fuera encender el coche, mantener la puerta abierta, escuchar la detonación y huir, estaba seguro de que no podría hacerlo. No era siquiera capaz de decirle a mi padre que lo entendía, que estábamos haciendo lo correcto, que la venganza es atributo natural de la humanidad. Tan sólo me quedaba el silencio, la inmovilidad, y aquella figura que terminaba de echar agua al coche y nos conjuraba a todos en aquella tarde sagrada.

—Te quiero mucho, cabrón —dijo y puso la mano en la manija de la puerta y, en un movimiento mecánico, mi propia mano se aferró de su camisa y dio un tirón con la fuerza suficiente para que volteara hacia mí.

—No —le dije, tratando de controlar el temblor en mi voz—. No, papá. Mejor vámonos.

Eso le dije, y sentí que en ese instante toda la rabia que había acumulado en los últimos días se disipaba. El asesino de mi tío estaba a unos pasos de mí, viviendo el tiempo que nos había robado, una vida de tranquilidad, de lavar el coche a mediodía de un viernes de vacaciones, una vida sin familia muerta, sin la conciencia de que la violencia se encuentra siempre a nuestro costado, acechante, a la expectativa, como una promesa larga pero definitiva. A pesar de esto, sólo podía sentir miedo, miedo por mi padre, que nunca había disparado un arma, miedo por su vida, que pesaba sobre mí con más fuerza que nunca y, sobre todo, miedo por reconocer que aquel animal oscuro que estábamos a punto de alimentar jamás lograría saciarse.

Noté que el rostro de papá se tensaba de golpe. Sus ojos fijos en mí eran dos criptas abandonadas. Aferró mi mano y apretó con fuerza. "No te me cagues, cabrón", clamó. "Te necesito fuerte ahora", dijo y trató de desprender mi mano, pero yo apreté con más fuerza, movido por una pasión incontestable. "No, papá", repetía. "Vámonos". Mientras, él apretaba con sus manos grandes y duras mi antebrazo, produciéndome una marca durante varios días. "No seas cobarde, cabrón. Ese hijo de la chingada mató a mi hermano", trataba de no gritar. Pero el odio en su voz no hizo sino robustecer mi voluntad, y me volteé completamente hacia él y traté de retenerlo, y no lo solté ni siquiera cuando dejó la pistola sobre el tablero y empezó a pegarme.

Pronto, un puñetazo en mi ojo derecho me obligó a soltarlo. En un instante, mi padre logró zafarse de mis manos. Sentí que nos habíamos parado frente a un umbral. El hombre del retrovisor pasaba un trapo por la superficie del auto, secando con mucho cuidado los vidrios para no maltratar su letrero de "$" y mi padre abrió la puerta y yo sentí que nuestro amor se sublimaba en aquel duelo y pensé en mi tío que estuvo sedado durante todas las noches que pasé con él en el hospital, la venda cubriendo su cráneo como una crisálida cruel que lo ayudó a transmutar hacia la muerte. La imagen regresó con un renovado espanto.

Antes de que mi padre bajara del auto, apagué el motor y, ante su sorpresa, arrojé las llaves hacia la calle, tan lejos como pude, lo suficiente como para volver imposible nuestra huida. Después de hacer esto, me agaché sobre el volante y cubrí mi cabeza con mis brazos. Pude ver que los brazos de mi padre caían a su costado como dos árboles que se desploman. Durante los siguientes segundos, el ruido de los autos a nuestro alrededor se volvió hipnótico, y apenas me dejó escuchar cómo papá se acomodaba en el asiento. Su respiración agitada me hizo pensar en ciertas fieras acorraladas que gruñen para dignificar su propio fin.

El sudor empapaba mi pecho y mi espalda. Sentí que mis manos y mis brazos y mi rostro se entumecían. Pasado un minuto, alcé la cabeza y miré la tarde que se había roto a nuestro alrededor. Luego miré a papá y traté de explicarle todo lo que pensaba. Pero no había nada que decir. A través del espejo, vi cómo el hombre terminaba de limpiar su coche, guardaba sus cosas y regresaba a su casa. Adentro lo esperaban su mujer y su hija. Quizás comerían juntos. Quizás verían una película. Como fuera, tenía la certeza de que en aquel domicilio ocurría algo muy similar a la vida que nosotros, desde la muerte de mi tío, ya no podríamos gozar. Y aquella certeza, en el interior del Sentra prestado, resultaba abrumadora.

El hombre se había ido. Mi tío seguiría muerto.

Acribillado por los minutos, finalmente abrí la puerta del coche. Mi padre tenía la cabeza echada hacia atrás, cubría su rostro con las manos. Caminé algunos pasos hacia la mitad de la calle, al sitio en donde habían caído las llaves. Cuando las recogí, escuché el ruido de un coche que me pitaba. Sobresaltado, di un brinco hacia atrás, y pude ver con claridad el Monza seminuevo que avanzaba despacio calle abajo. Apenas por un instante vi a una niña de unos diez años que ostentaba un uniforme deportivo desde el asiento del pasajero. El conductor me hizo una señal con la mano para dejarme pasar. Avancé nervioso, recogí las llaves y fui hasta la banqueta opuesta. Apenas pasó junto a mí, Jorge me dio las buenas tardes y levantó la mano antes de desaparecer en las calles del sur.

Mi vergüenza es tan grande como mi cuerpo, pero aunque tuviera el tamaño del mundo no podría devolvernos los pedazos que regamos aquella tarde. Mientras dejo un ramo demasiado pequeño sobre la tumba de Antonio Ruvalcaba, la mirada de mi padre llega desde aquel día como una flecha de hielo.

Sobrevivimos, pero no es un final feliz. Y los pájaros se elevan a la inmensa tumba del cielo.

Este 2017

La plaza de Sayula es una planicie forrada de jardines, contenida por varios muros de portales que encierran un kiosco de estilo francés. Flameados por un sol de mil años, los arcos de piedra domestican el calor de abril y los sayulenses recorren aquel paisaje con el paso lento y despreocupado que caracteriza a los pueblos del sur. El tiempo es apenas un simulacro, un aviso de los días que se preceden los unos a los otros en un estatismo fantasmal. A un costado del jardín, el Templo de la Inmaculada Concepción se yergue como un centinela silencioso, mensajero de una época remota en la que el municipio era promesa de prosperidad para el sur de Jalisco. Frente al templo hay una estatua de san Rodrigo Aguilar Alemán, mártir de la Cristiada a quien ahorcaron en la plaza de Ejutla en 1928. Antes de su sentencia, el párroco bendijo el árbol de mango del que lo colgarían y perdonó a sus verdugos para que éstos no "murieran la eterna muerte".

Llegué a Sayula por la mañana, una semana después del aniversario luctuoso de mi tío Antonio. Desde mi llegada, sentí una opresión en el cuerpo, como si unas manos familiares me estrujaran desde adentro para exprimir los buenos y los malos recuerdos. Ese día, después de algunas llamadas telefónicas, había concertado una cita con Gladys Morfín, la hermana mayor de Sagrario, y la única de toda su familia directa que había permanecido en el estado. Su madre, que también seguía viva, se había mudado a Veracruz a principios del nuevo milenio; allá vivía también Sandra, la hermana de en medio. El padre, Alfredo Morfín, había muerto hacía no mucho tiempo de una enfermedad. No quise indagar cuál.

Aquél sería mi único encuentro con la familia de Sagrario y esto, en cierta forma, me hizo sentir cercano a ella. Conocer más detalles sobre la vida de aquella mujer me llenaba de una emoción que no podía definir con claridad, pero que me mantenía ansioso y con un dulce cosquilleo en el estómago, como si estuviera enamorado. Había repasado varias veces qué era lo que quería platicar con aquella mujer; en el fondo, mi intención era introducirme en la vida de Sagrario, como quien se asoma a través de una ranura o un agujero en la pared. Su vida matrimonial, sus aspiraciones emocionales y, por supuesto, su asesinato; todo aquello me parecía una razón para hablar con Gladys y soportar cualquier reclamo por tratar de desenterrar aquel pasado que no me pertenecía.

Con el tiempo había logrado conformar ciertos retazos de la historia que había seguido al asesinato. Sabía, por ejemplo, que la familia había rastreado a su asesino durante casi una década y, ya en 2004, la pesquisa se detuvo por completo porque diez años era el tiempo que le tomaba al Ministerio Público reconocer que un caso así era materia para el olvido. Y aunque comprendía que una década es demasiado tiempo para postergar un duelo, no podía dejar de preguntarme, ¿por qué la familia había renunciado a la búsqueda?

Fue uno de mis colegas periodistas quien me ayudó a conseguir el número de Gladys. Luego de que le conté mis intenciones, se había dedicado a buscar, entre sus contactos, al par de cronistas tlayolenses que se habían encargado de reportar la muerte de la "muchacha de Las Peñas". Uno de ellos recordó que la maestra Gladys se había ido a trabajar en una primaria de Sayula desde principios del nuevo milenio. Hizo un par de llamadas, revisó algunas direcciones y finalmente nos facilitó un número telefónico. Recuerdo que lo anoté en un pedazo de papel amarillo y lo guardé en mi cartera durante algunas semanas. Lo abría de vez en cuando y miraba aquellos números que se me figuraban el lenguaje feroz de las ausencias. No me atrevía a llamar. Cierto pudor o vergüenza de encontrarme con la hermana de Sagrario me impidió tomar el teléfono durante casi un mes. No obstante, por respeto al esfuerzo de mis benefactores, me decidí a llamarla hacia mediados de marzo.

Cerca de la hora de nuestra cita —habíamos acordado encontrarnos al mediodía en un café de la plaza— marqué su número. El teléfono sonó un par de veces hasta mandarme a buzón. Esperé unos minutos y lo intenté de nuevo, sin respuesta. Temí que Gladys hubiera olvidado nuestro acuerdo o, peor aún, que hubiera decidido cancelarme sin anticipación. No es que fuera inesperado; en cierta forma, durante la semana que había pasado desde nuestra última llamada telefónica estuve preparado para cualquier cancelación o modificación de la fecha. A pesar de esto, el viaje, o la sensación de estar perdido en aquella plaza de aquella ciudad desconocida, me provocaba malestar. Pasada una hora, me levanté de la banca y caminé por los alrededores.

La falta de respuesta de Gladys me dio tiempo para familiarizarme con el ambiente local. Sayula no queda lejos de Tlayolan, pero aquélla era apenas mi segunda visita al pueblo que vio nacer a Juan Rulfo. La primera vez me había llevado mi tío Antonio, pero de aquel paseo infantil no recordaba ya mucho. Ahora que había vuelto pensaba aprovechar el viaje para ver la placa que indicaba la casa natal del escritor, comer birria de chivo y comprar un paquete de las populares cajetas Lugo. Me metí a una fonda en los portales y, mientras comía, hojeé uno de los periódicos que reposaban junto a las mesas. Encontré una nota que capturó mi atención. Un joven a quien llamaban "el Mudo" había sido baleado la madrugada anterior. Una camioneta blanca lo persiguió durante algunas cuadras y lo acorraló junto a un negocio de pollos rostizados. Sabiéndose perdido, el Mudo se introdujo en el local y trató de atrincherarse, pero de poco le sirvió el valor y la astucia contra los cuernos de chivo y los M-16. Murió dentro de la pollería y ahí dejaron su cuerpo. El titular de la nota era "No dijo ni pío".

Revisé mi celular, tuve por un instante el deseo de que Gladys me marcara para cancelar nuestra cita. La imaginé pidiéndome disculpas: "No puedo", "No estoy lista", "No quiero hablar de mi muerta", palabras que me libraban de presenciar el dolor de la muerte de Sagrario en su estado más puro. Pero esto no ocurrió. En cambio, mientras intentaba repasar en mi cabeza las preguntas que quería plantearle, un mensaje suyo me indicó que, en una hora, me recibiría en su vivero, ubicado al norte de la ciudad. Pagué la cuenta y, mientras caminaba al coche, me llegó la imagen de mi tío Antonio durante nuestro paseo a Sayula. Casi inmediatamente después, lo vi sumido en su cama de hospital, esperando resignado la llegada de la muerte. Pasé un trago de espinas. A mi alrededor, la luz del mediodía se desplomó sobre todas las cosas.

Dos noches antes de su muerte platiqué por última vez con mi tío Antonio. Eran cerca de las tres de la mañana y el calor se dispersaba en toda la habitación. Las luces del pasillo caían en rectángulos luminosos en el piso y en las cortinas alzadas de las tres camas: trazaban la tétrica geometría de los agónicos. Me levanté para abrir una de las persianas y permitir así que el cuarto respirara un poco. El viento fresco del exterior fue una caricia añorada, necesaria, que me obligó a permanecer unos minutos junto a la ventana. Desde ahí contemplé la ciudad de Guadalajara, las luces que se encendían aquí y allá como una cuadrícula de veladoras velando por el sueño de quién sabía cuántos muertos. Sentí un escalofrío premonitorio, me llevé la mano a los cabellos y la sacudí enérgicamente para espantarme la tristeza.

—Marcos… ¿estás ahí? —la voz de mi tío era una flecha tirada directamente a la conciencia. Fui hacia él con paso inseguro. Lo escuché toser, quejarse. Lo tomé de la mano en silencio. Por alguna razón, no le dije quién era yo—. No te vayas, carnal. Me da miedo quedarme solo. ¿Me das tantita agua?

Encendí la lámpara de su cabecera que dejó escapar un suspiro de luz enferma. Abrí la mochila que mi padre había dejado en el hospital y saqué un vaso de plástico que llené unos centímetros, pues mi tío aún no podía beber mucha agua. La acerqué a sus labios y noté que tenía los ojos sellados por la modorra y los medicamentos. Su boca hinchada me pareció semejante a la de aquellas caricaturas de Memín Pinguín que mi padre me había mostrado hacía más de una década. Tenía ganas de decírselo, pero no me atreví. ¿Es prudente hacer reír a un moribundo? Con todo, su apariencia me provocó una ternura inexplicable, como si algo en mí adivinara que aquél era uno de nuestros últimos momentos.

Sentí el impulso de abrazarlo, pero me contuve pues pensé que en sus circunstancias lo habría lastimado.

—¿Qué se sentirá matar a un hombre? —dijo, como si hubiera adivinado las heridas tras mi silencio—. Me imagino que duele, debe ser como morirse uno también. Un poco —tomó una larga pausa para recuperar el aliento—. Yo una vez atropellé un perro y no se me olvida. A veces siento que después de eso empecé a vivir como en otra dimensión. Como si uno fuera a todos lados de la mano de la muerte. Pero matar a un hombre...

Se removió levemente sobre la cama. Sus palabras treparon como insectos en mi imaginación. En los segundos siguientes, la imagen de mi perra muerta mordisqueó con resentimiento los pliegues de mi memoria. Lo ayudé a acomodarse, estiré las sábanas que estaban debajo de su cuerpo tanto como pude; debajo de su estómago, pequeñas gotas de sangre dibujaban un mapa de cicatrices en la tela blanca del hospital. Vi cómo su gesto se torcía en un estertor agónico.

La disciplinada muerte ya lo minaba.

Lo primero que llamó mi atención fue el aroma de la tierra húmeda. Frente a mí, un pasillo de plantas y flores policromáticas se extendía como la entrada a otro tiempo, tan lejano del día seco y caliente de Sayula. A un costado, había una fuente de piedra en cuya base se adivinaba un pequeño grupo de lirios; dejaba caer un chorro perpetuo y melódico que logró apaciguar mis nervios. En algún lugar de la calle, alguien escuchaba canciones de banda.

Me detuve en la puerta del negocio y llamé una vez a la mujer, sin respuesta. Dediqué algunos minutos a observar las flores que crecían alrededor: aquí, pequeñas explosiones de geranios salpicaban la alfombra verde del jardín; allá, un ligero rumor de camelias se adivinaba en un arbusto cercano al muro, iluminadas por un sol bondadoso que acicalaba mis hombros. En el centro del local había un mostrador de madera, sutilmente adornado con una maceta con claveles.

Llamé por segunda vez y una mujer, vaga silueta de unos cincuenta y tantos años, se asomó desde el fondo del pasillo. Su blusa y su pantalón se fundían con aquel muro monocromático. Alzó una mano y me hizo una seña efusiva para que me acercara, había cierta familiaridad en aquel gesto, como si yo fuera un pariente esperado y no un desconocido que llega a tiempo a una cita demasiado tardía.

Diligente, avancé con paso seguro al fondo del vivero.

—¡No te vas a morir pronto! Ven rápido, por favor, me van a traer unos rollos de pasto, y necesito hacerles espacio. ¿Me ayudas a mover la tierra de aquí para allá? —señaló hacia un pilar de costales a nuestra izquierda. Había unas cuatro o cinco decenas de sacos de veinticinco kilos—. Hoy no pudieron venir mis hijas y yo sola… pero tú estás joven y fuerte. Nada que te vas a tardar. Sonrió. Tomado por sorpresa, miré los costales con desencanto, pero traté de animarme y de ver aquello como una forma de ganarme el favor de la mujer. Le pasé mi mochila y, poniendo mi mejor cara, procedí a completar la tarea.

A Gladys le había correspondido terminar con la búsqueda del asesino de Sagrario. No debió ser fácil sentirse sola ante aquel compromiso, acudir a las citas cada vez más esporádicas con la autoridad para escuchar siempre lo mismo. Ha pasado mucho tiempo. No se sabe nada nuevo. No hay mucho ya que hacer. Trataba de imaginarla en aquellas jornadas justicieras, sentada en las sillas de plástico del Ministerio

Público en Tlayolan, respondiendo una y otra vez las preguntas en el juzgado de lo penal, teniendo que repetir su historia cada vez que había cambios en la autoridad. Muchos policías ni siquiera tenían conocimiento ya del caso. Algunos eran niños cuando ocurrió. Podía identificarme con ella, mi familia vivió un calvario similar con mi tío y podía reconocer en la mirada de aquella mujer el mismo cansancio que había visto en mi padre, en mis abuelos, en mis tíos. Una derrota apaciguada por tantos años de hacerse a la idea de que la justicia no es cosa de este mundo.

Quizás por eso —por la necesidad de contarle a alguien aquella experiencia— había aceptado nuestro encuentro. ¿No era mi propia necesidad lo que había iniciado mi búsqueda? Saberse escuchado, sentir que a alguien le importa la vida de nuestros muertos. Durante casi una hora cargué los costales de tierra que pintaron de marrón mis brazos y mi pecho y que desprendían el olor dulce, reconfortante, de la tierra. La mujer me miraba silenciosa, podía sentir el filo de sus ojos marcando mis movimientos, como si aquél fuera ya el principio de nuestra conversación. De vez en cuando, yo también la miraba, y me sorprendió cuánto se parecía a Sagrario, o a una versión envejecida de la Sagrario que yo conocí. Tenía el cabello castaño, los ojos claros y aquellas mejillas inflamadas como si estuvieran constantemente listas para sonreír.

Así sería ella, me dije, si todavía estuviera viva.

—Pensé que eras más grande —me dijo cuando terminé de acomodar el último costal. Se acercó a mí con un vaso de agua y me miró con atención—. No sé, en el teléfono sonabas mayor, pero todavía estás jovencito. ¿Me dijiste que trabajabas con Sagui?

Negué con la cabeza. Bebí de un trago aquella agua helada y sentí su frescura cayendo en mi estómago.

—Vecinos —dije, todavía jadeante—, fuimos vecinos cuando era niño.

Gladys asintió y, sin decir más, caminó de regreso al pasillo de las flores, hacia el pequeño despacho improvisado cerca de la entrada. La seguí en silencio, secándome el sudor con el dorso de la mano y sacudiéndome la tierra de la ropa y de los brazos. El polvo se esparció en el aire luminoso como una nube de esporas.

Me indicó una llave de agua que se escondía junto a unas patas de elefante. Mientras me enjuagaba, me hizo preguntas acerca de mi colonia, las cosas que habían cambiado, la gente que ya no estaba y los que aún vivían ahí. Intenté responder, aunque debo confesar que había muchas cosas que no sabía ya de Las Peñas pues hacía años que no vivía ahí. Le conté, por ejemplo, de los dos parques ecológicos que habían construido, de la nueva colonia de casas inmensas detrás de la modesta colonia de Los Pitufos, del nuevo parque para perros, de la mansión construida en la ribera del río.

—Así que doña Balbina ya murió. Pobre, le prometí que le iba a llevar unas gerberas para su jardín. Supongo que se las voy a llevar a su tumba.

Poco a poco una sensación de confianza me sometió. Si bien aquella plática no parecía abocarse a lo que me interesaba, me sentía tranquilo y eso era ya una gran ventaja. No era mala idea, pensé, dejar que la mujer se desahogara un rato, o verla mientras recuperaba viejos recuerdos de tiempos más felices: todo lo que ocurrió antes del zarpazo de la ausencia. Que se tomara el tiempo que quisiera, pensé. Los muertos no tienen prisa.

Durante los primeros años a mi familia le había costado mucho platicar sobre mi tío. Era algo más que la tristeza: cierta vergüenza incomprensible impedía que mis tíos hablaran sobre su hermano, incluso entre ellos. Siempre había pensado que era por la culpa: si hubiéramos estado en contacto con mayor frecuencia, si le hubiéramos dado la confianza de hablar con nosotros, si hubiera hecho algo más. Más tarde comprendí que no hay mucho que hacer. Sufrir el asesinato violento de un familiar te provee de una mancha que va creciendo desde adentro hasta que se refleja en todo lo que haces o dices. Esa mancha es el origen de la vergüenza. Algo que no se muestra a nadie.

Como si adivinara mis pensamientos, Gladys sacó tres viejos álbumes de fotografías y los depositó en el mostrador, con dulzura. Los contempló durante unos segundos, como si buscara alguna palabra ya olvidada en ellos. Luego sacudió la cabeza y me miró a los ojos.

—Entonces vivías ahí, a un costado de Sagui. Pobrecito, te tocaron los balazos, ¿verdad? Te has de haber asustado mucho.

Y diciendo esto, procedió a hojear el álbum con parsimonia, dedicándole una mirada, a veces una sonrisa, a las páginas llenas de imágenes. Miré el movimiento de sus manos mientras revolvían los recuerdos. Buscando.

Con un gesto, mi tío me pidió que acercara nuevamente el vaso de agua. Sorbió muy despacio, como un pajarito. En la cama de la derecha, Mario empezó a roncar y sus ronquidos hicieron aún más difícil comprender las palabras de mi tío. Tuve que acercarme hasta quedar a apenas unos centímetros de su boca.

—¿Me creerás que se veía triste, carnal? —dijo después de un rato—. Jorge. Vi su cara cuando me disparó. Lo vi clarito: pensé que quería llorar. Se veía tan triste, como un niño que dejaron solo en casa todo el día. O toda la vida. No sé —suspiró. Desde el pasillo, los pasos de las enfermeras marcaban el ritmo de la noche. En la calle, el ruido de una sirena agrietó la oscuridad hasta nosotros—. Sentí ganas de abrazarlo. Me dio mucha lástima. Tanta que hasta se me olvidó el miedo que sentía. Pinche Jorge…

Aquel carácter despreocupado era propio de él, pero no me causó ninguna gracia. Apreté mis labios y, con un dedo, rasqué ligeramente mi mejilla. Lo miré de arriba abajo, traté de identificar sus rasgos debajo de la piel herida, de las costillas rotas, de las cicatrices en su estómago y en sus manos. Del orificio en su cráneo. Traté de pensar en Jorge, pero no pude sentir ninguna empatía por su tristeza. Toda su imagen estaba como distorsionada por un velo que no me permitía verlo con claridad. Un velo sucio en donde cabía todo el dolor de mi familia.

—¿No te da coraje, Toño? —dije, como si yo también creyera realmente que era mi padre, y no yo, quien hablaba—. ¿No te dan ganas de meterle una putiza a ese cabrón? ¿No quisieras vengarte?…

El rostro de mi tío se fue transfigurando milímetro a milímetro hasta dejar que una sonrisa se asomara en su boca tan hinchada. Abrió la boca para responder, pero un ataque de tos lo contuvo unos segundos. Tomé una toallita húmeda que pasé por sus labios.

—Vengarme, no chingues, ¿por qué o qué? Estoy vivo. ¿Qué más puedo pedir? Y si estuviera muerto sería igual, porque los muertos todo perdonan —intentó reír, en cambio, dejó escapar un tenue cacareo de ave enjaulada—. Me da miedo que aquella tristeza se le salga de los ojos al pinche Jorge y nos termine embarrando a todos. Eso sí sería una tragedia.

Diciendo esto, recargó su cabeza ligeramente hacia su hombro derecho. Chasqueó la lengua y luego me ofreció su mano para que la tomara. Al posar mi mano sobre la suya, lamenté aquellas preguntas tan fuera de lugar y durante años me he reprochado por desperdiciar así mis últimas palabras con mi tío. No hay nada que pueda hacer ahora.

Me recargué en la pequeña silla metálica y, durante los siguientes minutos, me dediqué simplemente a verlo respirar. Antes de quedarse dormido, su voz iluminó la estancia todavía una vez más.

—Ahorita que nos quedemos dormidos vas a ver que vamos a olvidar todo, vamos a perdonar todo, nos vamos a curar de todo. Lo más importante es que estás aquí conmigo. ¿O no, mi niño?

Las fotografías cayeron en el mostrador como los cristales rotos de un vitral inmenso. Había fotos de diferentes épocas, algunas en tonos sepia o en blanco y negro, que mostraban a una Sagrario durante su infancia o juventud o en los pocos años que le duró su edad adulta. Sagrario en la playa cuando cumplió siete años. Sagrario en una cabaña en Tapalpa. Sagrario en la graduación de la preparatoria. Sagrario en el bosque. Sagrario junto al río. Sagrario sin el mínimo rastro de la muerte.

A veces, cuando me pasaba una fotografía, Gladys hacía algún comentario sobre lo que estaban haciendo entonces o, concretamente, qué estaba pasando en la vida de su hermana en ese momento. Entonces detenía sus manos un momento, sostenía la fotografía frente a mí como un relicario, el último vestigio de un tiempo que había sido barrido de este mundo. La notaba contenta, era evidente que hacía mucho que no revisaba aquellas fotografías y estaba tomándose el tiempo necesario para dejar que se encarnaran los recuerdos. Para que la viva imagen de su hermana muerta le echara nuevamente raíces en el corazón. Viéndola así, no pude evitar pensar en mi padre cuando se acercaba a los álbumes familiares. Un rumor afilado empezó a picotear mi estómago.

—Me acuerdo el día que fui por primera vez a esa casa —me dijo, mientras me mostraba la fotografía de una fachada que reconocí inmediatamente—. Estaba muy emocionada cuando nos invitó: por fin tenía algo propio. Suyo, aunque se la hubiera dejado el cabrón de Ricardo —rebuscó en un nuevo álbum—. Le gustó mucho el barrio de Las Peñas; desde la primera vez que lo visitamos, cuando todavía no había inquilinos, se enamoró de los cerros verdes y de la falta de coches y de la soledad. Yo creo más bien eso, se enamoró de la soledad de esa casa donde nadie le decía nada. Ni qué hacer, ni qué decir, ni cómo hacerlo o decirlo. Así era Sagui, pues, muy macha —dijo y su risa fue un pájaro azul que se depositó en todas las plantas.

Mis pensamientos se volcaron hacia Sagrario. La imaginé llegando por primera vez al barrio de Las Peñas antes de los rumores de los vecinos, antes del matrimonio y el divorcio y los noviazgos y las amenazas. Cuando aquella casa no era sino una posibilidad ilimitada de futuro. Para ella y nadie más.

Gladys se detuvo en una página, se llevó la mano al pecho y me miró.

—Muy bonita, ¿no?

Asentí. Lo cierto es que, con los años, la imagen de Sagrario se había difuminado por completo de mis recuerdos, y acaso conservaba retazos de su cabello castaño, o de sus manos saludándome a través de la ventana del Grand Marquis. A pesar de esto, recordaba que era muy bonita. Gladys le dio la vuelta al álbum y lo colocó frente a mí. En las páginas abiertas se apreciaban las fotografías de una boda ocurrida un par de décadas atrás, cuando yo era apenas un bebé. Sagrario lucía su vestido blanco con elegancia, con la misma sonrisa despreocupada y optimista que reconocí en las fotos matrimoniales de mis padres.

Pasados un par de minutos, Gladys encontró una foto en donde Sagrario aparecía entre los brazos de Ricardo Rangel. Él la abrazaba por detrás, vestido con un traje marrón, su cabello largo, ochentero, me recordó el corte de cabello que mi padre usó durante toda mi infancia. Sagrario tenía el rostro ligeramente inclinado hacia la derecha, su cabeza recargada en el pecho de su marido. Veía de frente a la cámara, lo cual me dio la impresión de que me estaba mirando a mí, fijamente.

Sentí como si unos cabellos me acariciaran el rostro. Suspiré. Gladys desprendió la foto del álbum y me la extendió.

—No sé qué quieres escuchar, Hiram, pero esto es todo lo que me queda de mi hermana —de repente se había puesto seria, clavó la mirada en las fotografías que descansaban en el mostrador—. Cuando pienso en ella ya sólo se me viene a la mente esta imagen. La vi sonreír muchas veces antes y después de este día, y creo que si tuviera que elegir un momento para nosotras, de seguro hay mil que elegiría antes que el día de su boda. A pesar de eso, siempre pienso en esta foto. Celebramos en Zapotiltic, en una casona que ya debe haber desaparecido. Mi papá se puso muy borracho ese día; él, que casi no tomaba.

Entrecerró los ojos y recargó ligeramente su cabeza hacia atrás. Respiró lenta, profundamente.

—Creo que fue la última vez que toda la familia se reunió. Después de eso puros problemas. Mi hermana se separó de Ricardo más o menos un año después, a pesar de los ruegos de mis papás, que le echaban la culpa a Sagrario porque no era capaz de aguantar. "Nadie es perfecto, mija", "Hay que llevar la cruz de esas cosas", "Es que tienes un carácter muy difícil". Las cosas, pues, que las mujeres tenemos que entender cuando queremos juntarnos con un hombre, ¿sabes? —sus mejillas habían enrojecido—. Pero ya no recuerdo bien esos tiempos. Con el paso de los años, es como si mi cuerpo se hubiera acostumbrado a esto, a verla en este vestido y con esa sonrisa. Y aunque al principio me lastimaba y me culpaba por recordar siempre un día que bien pudo haberla condenado, ahora comprendo por qué lo hago. Ahora entiendo por qué lo primero que mi cuerpo recuerda de mi hermana es su felicidad. Un momento de pura felicidad que nos convocó a todos los que ahora, por una u otra razón, no estamos. Cuando me di cuenta de eso, dejé de sufrir por mis recuerdos.

Los rayos del sol se despedazaban al pasar por la malla de sombra y se depositaban como pétalos en su frente y su cabello. La mujer entrecerró los ojos y se recargó en su silla, como si dormitara.

—A veces cierro los ojos a propósito para hablar con mi hermana. Platico con ella de mi día, de mis hijos, de mis nietos que vienen en camino, de mi trabajo en la escuela, de los niños que extraño, de los cabrones padres de familia que no extraño para nada. Y siempre la veo así, sonriente. Porque ésa era Sagrario, ¿sabes? Ésa es la Sagrario que quiero recordar, y la que quiero que todos recuerden también. ¿O tú crees que es mejor que la gente piense en ella como la muerta de Las Peñas? Ensangrentada y sucia, muriéndose en una banqueta llena de gente que no la entendía... ¿O como la mujer divorciada de los mil novios? La que anduvo de aquí para allá paseando muchachos en su coche, sin importarle lo que dijeran los vecinos, la familia, o nosotras, que también tuvimos mucho tiempo para opinar —su barbilla temblaba, la vi llevarse la mano derecha a la mejilla mientras negaba con la cabeza—. Yo creo que no, mi hermana fue mucho más que eso. Mi hermana fue esta sonrisa, esta felicidad tan clara, tan sencilla. Y si no la supimos ver entonces, quiero que aprendamos a verla ahora.

Llevó su mano a la mesa y golpeó, con su índice, el rostro de Sagrario. Tres veces. A nuestro alrededor, el ruido de dos autos que pasaban se diseminó por la estancia. La música había callado. El sonido del agua en la fuente ralentizaba los segundos y me obligó a poner mayor atención en aquel gesto. Junto a su dedo anunciador, el rostro sonriente de Ricardo. Aquel hombre que había vivido en libertad durante tantos años, que probablemente en ese momento disfrutaba aún de la vida que había negado, despertaba todos mis resentimientos. Y aquella sensación desagradable, inevitablemente, había llegado a transmitirse a la familia que lo dejó vivir en paz.

—¿Alguna vez encontraron a Ricardo? —pregunté, mirándolo a él en su fotografía. Su sonrisa incomprensible, sus manos que aún no se llenaban de muerte.

—Ricardo ya murió. Hace cuatro años, casi cinco. Enfisema —se dio unas palmadas en el pecho—. No es una muerte bonita, pero nunca nos hizo caso para dejar de fumar —se encogió de hombros y se quedó viendo las flores que se mecían a unos metros de nosotros—. Mi mamá quería que tirara estas fotos donde sale Ricardo. Hasta nos peleamos porque yo no quise. Pero ve a mi hermana, cómo sonríe, cómo es feliz. Este momento es verdadero, ¿cómo lo voy a desaparecer así como así? ¿Qué justicia es ésa para mi hermana? Por años tuve la disciplina de odiar a Ricardo desde que me levantaba hasta que me dormía llorando. Pensaba que era la única forma que tenía para convocarlo, un conjuro para dar con él o por lo menos para arrebatarle a golpes y mordidas y arañazos la poca justicia que quedaba en este mundo.

Así viví por años, sembrando el odio en cada palabra, en cada risa y en cada lágrima hasta que no tuve otro sentimiento, hasta que el amor por mi hermana se fue apagando, como se apagó el recuerdo de su rostro que amé, y de su risa chillona que tenía desde que éramos chiquillas y nos prometíamos en el patio de la escuela que nosotras nunca tendríamos novio para que nadie nos robara la felicidad. Cada vez que pensaba en Sagrario sólo podía convocar aquel odio. Luego me quedé sola. Mi mamá y mi hermana se fueron, mi padre murió y tuve que entender que no se puede odiar a los muertos. Ya no me quedó otra cosa que perdonar. Tuve que aprender a perdonar a Sagrario por dejarme sola, porque por su culpa mi madre se muere un poco cada vez que la recuerda. Tuve que aprender a perdonarme por no haber visto venir aquellas balas que se anunciaron tantas veces, antes y después del divorcio. Y tuve que aprender a perdonarlo a él, a Ricardo —alzó el rostro y se quedó viendo el cielo salpicado de nubes, o algún punto escondido más allá del cielo, y de aquel tiempo y de aquella vida—. Porque mientras no perdonara al muy cabrón seguiría consumiéndome el odio, y pronto me haría olvidar todo lo que había sido mi hermana. Esta sonrisa. Para siempre.

Pensé en mi tío recostado en la cama del hospital la última noche que nos vimos. Pensé en su cráneo fracturado mientras me decía que él ya había perdonado al hombre que le disparó, "porque los muertos todo perdonan". Pensé en mi impotencia porque eventualmente yo también había renunciado a aquella búsqueda de justicia o de venganza o de algo que se encontraba justo en medio de ambas. ¿No era eso lo que nos había pasado a todos?

—Entonces todo se reduce a perdonar y olvidar. ¿Así de fácil? —dije, y en mi tono había un reclamo que no iba dirigido a aquella mujer.

Ella meneó la cabeza.

—No —cerró el álbum y lo colocó con mucho cuidado en la mesa frente a nosotros—. No. Perdonar y recordar. Perdonar y vivir la vida que nos dejaron. Perdonar y buscar justicia. Pero la justicia nada tiene que ver con el odio o la venganza. No, señor. La justicia es lo que viene después del perdón.

Pasó un par de minutos así, mirándome en silencio. Después, recogió nuevamente el álbum y, con mucho cuidado, separó el plástico que cubría la fotografía de la boda. Había cierta solemnidad en sus manos cuando la desprendió y la depositó frente a mí. Me dio una palmada suave, maternal, en el dorso de la mano.

—Para ti.

Puse las manos al frente, tratando de rechazarla.

—Perdón, no puedo…

—No digas tarugadas, claro que te la vas a llevar. Tú estás aquí por esta foto, ¿no sabías? —me miró como si fuera un niño—. Cuando me hablaste la primera vez pensé en decirte que no vinieras, ¿qué caso tenía ya rebuscar en estas cosas? Pero mientras me ibas explicando quién eras, lo que estabas haciendo, y cuando me hablaste de tu tío, dijiste algo que me llamó la atención: "hay que salvar su memoria". Me dio tanta ternura, te imaginé cargando tu mochilita, muy parecida a ésta, tomando notas y preguntando y recibiendo portazos en la cara en uno y otro lado porque estabas errando el rumbo, porque no sabías nada de lo que estás haciendo —confundido, sostuve la fotografía sin dejar de mirarla a ella—. Seguro pensaste que las historias que estás buscando son para tu libro, y que luego las vas a dejar atrás y vas a buscar otras historias. Pero te equivocas. Esta historia no existe para ti. Yo lo vi clarito cuando me hablaste. Tú estás aquí porque mi hermana existió y estuvo viva y fue feliz. Ella fue la que te invitó a existir, resonando con aquel pasado y con aquella noche que no se olvida. Y si no fuera por ella, o por la maestra de música, o por tu tío, ¿qué sería entonces de ti? ¿Qué sería de todos nosotros? —hizo una pausa. Por un momento, sentí que una presencia benigna se colocaba detrás de mí. Una calidez inusitada, reconfortante, me recorrió todo el cuerpo— Mírala bien, Hiram. Ésta es la memoria viva de mi hermana, y conservar esta felicidad es su venganza. Sonríe contra el hombre que la mató. Contra los vecinos que hablaban de ella a sus espaldas. Contra los que dijimos que ella se lo buscó. Ella sonríe. ¿Entiendes? Ésa es su victoria. Esa cabrona nos ganó a todos.

Atrajo el álbum contra su pecho y cerró los ojos y lo estrujó, o acaso ésa fue la impresión que tuve. Poco más o menos es todo lo que recuerdo, o todo lo que me dijo aquella tarde.

Miré el reloj, el cielo que empezaba a oscurecer anunciaba mi partida. Abrí mi mochila y saqué una pequeña libreta de notas. Con mucho cuidado, coloqué la fotografía de Sagrario entre sus hojas y dirigí una última mirada de complicidad hacia mi anfitriona. Tuve la impresión de que me encontraba frente a una vieja amiga. No pude evitar sonreírle.

Me acompañó hasta la puerta de la entrada, al muro que separaba su jardín del resto del mundo. Antes de salir le pregunté si podía darle un abrazo. Como todo sentimiento humano, aquel abrazo fue también una respuesta a las preguntas que no pude hacer, porque no era ya necesario. Todavía alcancé a escuchar su voz a mis espaldas mientras abría la puerta de mi coche.

Me pidió que volviera algún día. Le dije que sí.

Norte, 2019

El mismo invierno en el que nació mi hijo, Naím, mataron a Kevin y a Michel a una cuadra de nuestra casa. Los dos muchachos, de quince y diecisiete años, fueron baleados en la pequeña avenida que une la mancha citadina con nuestro barrio semiurbano en Tlaquepaque. Iban en la moto de Kevin; de acuerdo con la información policial, minutos antes habían asaltado a una señora por la avenida Lázaro Cárdenas y trataron de huir entrando en una zona que no conocían. Los ocupantes de una camioneta negra —los testigos no dijeron marca ni cualquier otra cosa sobre su apariencia— se dieron a la persecución de los muchachos, que no duró más de cinco minutos antes de que los acorralaran y los empujaran contra la ciclovía a alta velocidad. Al impacto, el cráneo del más joven se cuarteó contra el suelo, justo debajo de un altar a la Virgen de Guadalupe que los vecinos colocaron para que "cuidara el barrio". Dejó una manchita de sangre en el pavimento. Aunque probablemente ya estaba muerto al momento de su caída, sus perseguidores le dieron un tiro de gracia. Su amigo no tuvo tanta suerte. Malherido, Michel se arrastró hacia la maleza tratando de escapar, pero no le dieron tiempo. Le dispararon siete veces en la espalda y dos en la nuca, conducta normal en las zonas controladas por la Plaza: no toleran el crimen en las zonas que controlan.

Eran las once de la noche. El eco de los disparos llegó hasta mi casa.

Naím descansaba en mis brazos cuando las detonaciones nos sobrecogieron. Aquellas explosiones rasgaron mis recuerdos y me transportaron en el tiempo, hasta aquella noche helada en la que me sorprendió la muerte de Sagrario. Tenía ocho años cuando conocí los disparos; mi hijo, apenas ocho días. En esa asimetría temporal se esconde seguramente una gran revelación sobre los caminos que la violencia ha forjado en nuestro país. Se me escapa; mis sentidos están llenos de ruido y furia, del mismo fuego y muerte que habrá de aparecerse durante todo el futuro de mi hijo, que es el futuro de todos los niños que nacieron después de 2006.

Mucha gente, como yo, hacía ejercicio en esa ciclovía. Parejas de casados, muchachos, padres y madres que pasean con sus hijos o con sus mascotas. Aunque las autoridades han recogido los despojos, la mancha de sangre permaneció en uno de los bordes de la banqueta durante un par de días, hasta que una de las vecinas se dio a la tarea de lavarla. Muchos la vimos ahí, secándose en el olvido del flujo vehicular. Una mancha que tuvo un nombre que se delegó a los periódicos. Antier, mientras corría por ahí, me di cuenta de que alguien había colocado dos veladoras. Las dos estaban recostadas —algo, o alguien las había tirado—, así que detuve mi marcha, me acerqué a ellas y las alcé nuevamente.

Cada día menos gente corre por ahí. Quizás yo mismo deje de ir; por ahora, no me ha pasado nada.

Marta se casó hace dos años con un ingeniero civil. No tienen hijos, pero quizás los tengan pronto, si el trabajo y los viajes lo permiten. Rubén no tiene pareja estable. Aunque él no lo dice, los parientes aseguran que cierto miedo a reproducir la violencia paterna lo obliga a resistirse al compromiso.

En mayo del año pasado, la escuela Guillermo Jiménez celebró su vigesimoquinto aniversario. Invitaron a toda la plantilla docente y administrativa. Aproximadamente veinte profesores que, desde 1993, trabajaron al menos por un breve periodo en el lugar. Algunos de ellos estuvieron ahí la mañana en que Rocío ya no se presentó a trabajar. Su recuerdo está a flor de piel. Al ser interrogados al respecto, una sombra se dibuja en su semblante, la tristeza de volverse conscientes de que, a su alrededor, algo se ha roto.

Rocío es una herida que aún sangra. Todos lo saben. En las risas y el canto y las palabras de amor que se dicen unos a otros, se cuaja un silencio lleno de su nombre. Pero han aprendido a sobrellevarlo. La oscuridad que solía nutrir su recuerdo se ha llenado de nueva animosidad, cierto candor luminiscente que los hace recordarla y permitirse —casi— un poco de esperanza: que algún día olvidemos a la mujer sepultada en la sala de su casa, y cambiemos esa versión por otra imagen, la de la maestra que llevó las primeras —y únicas— clases de piano a la calle Encinos, la que regalaba palomitas y churritos a los niños que acudían a su casa para ver películas, la que se mandó flores en su cumpleaños para celebrar su propia vida.

Han remodelado la casa de Sagrario. Al frente, en la cochera donde la mataron, colocaron un jardín lleno de heliotropos que circundan un pequeño árbol de granada. Las flores despiden un aroma apenas perceptible que, sin embargo, se queda contigo mucho después de que te marchas de aquel portal. La última vez que pasé por ahí, un gran letrero de SE VENDE sobre el cancel parecía marcar la frontera con un tiempo que ya no existe. Durante lo que me tomó terminar este libro, caminé incontables ocasiones frente a la acera de su casa. Me detuve durante algunos minutos frente a ella, y traté de imaginar que Sagrario me abría la puerta y me reconocía y me decía sorprendida que cómo he crecido y cómo es posible que a tu edad estés tan pelón y te invito a comer y cuéntame qué ha sido de tu vida y supe que tienes un niño de un año y, anda, cuéntame qué estás escribiendo, porque tu mamá me dice que escribes. A esta ilusión sólo le responde el silencio de la piedra. Una casa cerrada desde hace más de veinte años que es todavía recordatorio de aquellas noches de diciembre que se llevan, como una borrasca, las vidas de las mujeres.

Pienso en esto, mientras miro a mis padres que todas las mañanas despiertan juntos y se miran el uno al otro y se aman, porque es la mejor respuesta que han podido encontrar después de hacerse daño. Lo pienso cuando veo a mi hermano abrazando a sus hijos, saltando de trabajo en trabajo, sorteando a la muerte como hacemos tantos mexicanos. Lo pensé cuando conocí a Marta y a Rubén que no pudieron hablarme de sus padres, pero que mientras platicaron conmigo abrazaron la fotografía de Rocío y se quedaron callados durante casi un minuto.

Estamos vivos. Y quizás vivir sea el único perdón y la única venganza.

En diciembre de 2017, mis padres celebraron su trigésimo aniversario de bodas en el salón Mari Chuy, cerca de la

Laguna de Tlayolan. Fue una fiesta grande, que convocó a parientes de todo México y hasta a algunas primas despistadas de los Estados Unidos que viajaron para celebrar. Al evento acudió mi hermano con su mujer y su hijo de dos años. Bailamos, cantamos y bebimos hasta embriagarnos y, cuando llegó el momento de las felicitaciones, no perdimos la oportunidad de tomar el micrófono para decir cosas guardadas que hicieron crecer el corazón.

En el estudio de mi casa conservo algunas fotografías de su boda en 1987. Mamá lleva un vestido de manga larga, una corona de flores blancas y un ramo que se desborda de sus manos como si de ellas naciera un invierno menos atroz. Mi padre lleva un traje gris de tres botones, luce una cabellera despeinada como la que usó George Harrison en sus primeras apariciones. Siempre me ha parecido raro verlo así, no recuerdo un momento en mi vida en que su cabello no hubiera estado perfectamente peinado hacia atrás, brillante de gel. En la fotografía está sentado en una silla de madera, y toma la mano de mamá que lo mira fijamente. El fotógrafo —B. Navarro— logró capturar el nerviosismo en la mirada de aquellos dos novios de secundaria que, luego de casi diez años, vieron culminada su relación en el matrimonio. Cualquiera que vea la foto podría pensar que fue un final, o un inicio, feliz. Quizás lo es.

Navarro fue también el fotógrafo de Sagrario el día de su boda. La coincidencia no tiene nada de extraño, dado que el suyo fue uno de los primeros estudios fotográficos en la zona. Entre el puñado de fotografías que me mostró Gladys, encontré un par de coincidencias —en la pose, el uso de las luces, la disposición y el tipo de muebles— que me hicieron pensar en las fotos de mis padres. Esto me ha obligado a preguntarme en muchas ocasiones si Sagrario tuvo la oportunidad de tener una vida así. Si pudo ser una señora casada, con un par de hijos regordetes, que viviera en la calle de Limones.

Nunca, por cierto, he pensado en la opción contraria: que mi madre hubiera muerto en la acera de mi casa, penetrada por las balas de papá. Nunca me he podido imaginar lo que hubiera pasado si yo y mi hermano hubiéramos quedado huérfanos y conscientes de la verdad de aquel incidente. Quizás es ahí donde se encierra la enseñanza —si la hay— de estas historias: para cualquiera de los involucrados, eran inconcebibles hasta el momento en que ocurrieron.

Miro a mi alrededor y observo todas las fotografías que me rodean. Veo la sonrisa de mi madre que es la misma sonrisa de Sagrario cuando me sonreía en el Grand Marquis antes de irse de fiesta, y es la sonrisa de Rocío en sus clases de canto y piano, y la sonrisa de mi tío cuando me sacaba siendo niño a arrancarle pedazos a la noche. Miro las fotografías y algo parecido a la justicia se instala en el centro de mi vida, la que destilamos juntos de los días difíciles. Pienso en lo que me dijo Gladys Morfín y me repito que cada una de estas fotografías es una confirmación de mi propia existencia. Una existencia que ahora intento poner en palabras como tirar contra la muerte.

De acuerdo a las estadísticas, en México casi cien personas morirán asesinadas el día de hoy de manera violenta. De todas estas muertes, al menos diez ocurrirán en Jalisco —quizás ocurren ahora, mientras escribo—. Han pasado catorce años desde la muerte de mi tío Antonio, diecinueve desde el asesinato de Rocío, y casi veintitrés desde la muerte de Sagrario. Pero sus casos no se olvidan. Ocurrieron en una época en la que la muerte tenía un valor y un impacto distintos. Si hubieran muerto hoy, poco o nada sabríamos sobre ellos; las movilizaciones para resolver sus muertes hubieran sido menos enérgicas, y habrían terminado engullidas en las cifras de asesinados. Una gota más en el mar de sangre que es nuestro siglo.

He vivido más de una década con la violencia pisándome los talones. Quienes, como mi hijo, nacieron después de 2006, crecieron con ella y, cuando lleguen a mi edad, no recordarán otra cosa. Desaparecidos, chicas muertas, baleados, decapitados, desmembrados: la orquesta cacofónica de los medios de comunicación. A pesar de esto, a veces, cuando el dolor o el asco o el desencanto se vuelven muy grandes, cierro los ojos y me imagino que hay un lugar después del fuego, otro país a donde van todas las víctimas de la violencia, los muertos y los desaparecidos. En ese sitio no existe el dolor y los protege una sensación de saciedad imperecedera. Un país para las perras asesinadas a pedradas y los tíos baleados y las madres arrojadas a tumbas abiertas y todas las chicas muertas.

Un país real más allá de la sangre y las cenizas.

Estaba en cuarto semestre de la universidad el día que mi amiga Aurora me marcó de madrugada. Jadeaba. En el temblor de su voz descubrí una angustia inédita que me espabiló de inmediato. Me dijo que estaba corriendo, huía a toda velocidad en dirección a los Monos, un par de estatuas que marcan la frontera de Tlayolan con la carretera del sur, y que se construyeron en los años noventa como un monumento a la solidaridad. Necesitaba que fuera a su encuentro inmediatamente.

Estaba a una cuadra de la Cruz Roja cuando un par de tipos la atacó, mientras caminaba de regreso a casa. Uno de ellos la jaloneó hacia las sombras. "Ya te cargó la verga, mamasota", le dijo. Aurora no pudo defenderse de inmediato, paralizada por la impresión. El hombre le arrancó la blusa y dejó al descubierto sus pechos morenos. Sintió la boca desconocida pegándose a su cuerpo como un molusco monstruoso y voraz. El otro miraba parcialmente la escena, y de vez en cuando se asomaba a la calle, para comprobar que no venía nadie. Debió pasar menos de un minuto, pero el tiempo se había solidificado en la masa informe de unos dedos que se metieron en su pantalón y buscaron la humedad de su entrepierna.

El asco de aquella mano, el aliento rancio del individuo la hicieron entender que su vida corría peligro. Se retorció, gritó, jaloneó al hombre que la violaba mientras el otro, parado al borde de la calle, miraba la escena sin involucrarse. Nunca entenderá por qué se quedó así. El que la atacó no era ni muy grande ni muy fuerte. "Estaba bien chaparro, como un muchachito todo flaco", me dijo casi una hora después.

Aurora alzó su termo —un termo grande, de acero inoxidable— y le pegó en la cabeza al hombre, hasta que logró derrumbarlo. Él cayó al suelo, todavía gritándole, "¡Puta, te voy a matar, pinche puta!", tomándose la cabeza con las manos, adolorido. Aurora corrió hacia la calle, hacia la zona más iluminada. Me dijo que por un momento temió que el otro hombre, el que los "cuidaba", arrancara en su persecución, pero aquél no hizo nada por alcanzarla. En cambio, se quedó en donde estaba, riéndose a carcajadas de su compañero, burlándose porque no había podido ganarle ni a una "pinche vieja".

Su carrera continuó por unos minutos más hasta que se atrevió a mirar atrás. Las luces de los autos le pegaban de frente, encandilándola. No había nadie más en la calle, los autos pasaban de vez en cuando prolongando la soledad del mundo. Tomó su celular y me marcó.

Tardé poco en llegar. Pasé los topes tan rápido que golpeé el guardachoques y lo partí en dos. Durante todo el trayecto le hablé, le pedí que no me colgara, que se mantuviera alerta o que caminara en mi dirección. Mucho más tranquila, Aurora me dijo que lo peor había pasado y que ya nadie la seguía y que me estaría esperando y que no te preocupes, Hiram, no voy a dejar de hablarte. La encontré sentada debajo de los Monos. Abrazándose a sí misma. Temblando. Cuando subió al coche, me miró con ojos nuevos. Intenté abrazarla, pero puso los manos entre nosotros y me empujó con fuerza. No volteó a verme en todo el camino. Se puso el cinturón y me pidió que arrancara. Luego se recostó en el asiento para dormitar.

Avanzamos en silencio hasta su casa. Yo estaba deseando poder hablar, quería que respondiera mis preguntas, pero entendí que nada de eso era importante. Hacía frío, le pregunté si quería que fuéramos por un café. Sólo entonces abrió los ojos y me habló. Quería un café. Un café era una buena idea. Se quedó viendo su termo y se sonrió.

—¿Ya viste, Hiram? —me dijo, señalando la parte baja del envase—. ¿Ya viste?

En la parte inferior tenía una pequeña manchita de sangre. Último recuerdo de quien la había atacado. La única prueba de que era una sobreviviente.

—¡Me lo chingué, Hiram! ¡Mira! ¡Mira cómo me lo chingué!

Me dijo y se lanzó a mis brazos, riéndose, poseída por una hermosa locura. Detuve el coche a un costado del camino y yo también la abracé. Temblábamos.

Y Aurora alzó su termo como una copa o como una espada y reímos a carcajadas y gritamos tan fuerte que nos dolió la garganta y aullamos como dos perros a la primera luna del mundo.

Todo pueblo es cicatriz de Hiram Ruvalcaba
se terminó de imprimir en septiembre de 2023
en los talleres de
Impresora Tauro, S.A. de C.V.
Av. Año de Juárez 343, col. Granjas San Antonio,
Ciudad de México